U0926379

纳兰词

彩插精装版

【清】纳兰性德 著
子艮 编著
宋景森 绘

江苏凤凰科学技术出版社 · 南京

图书在版编目（CIP）数据

纳兰词：彩插精装版 /（清）纳兰性德著；子艮编著；宋景淼绘. — 南京：江苏凤凰科学技术出版社，2018.12（2023.5 重印）

ISBN 978-7-5537-9625-3

Ⅰ. ①纳… Ⅱ. ①纳… ②子… ③宋… Ⅲ. ①词（文学）– 作品集 – 中国 – 清代 Ⅳ. ①I222.849

中国版本图书馆CIP数据核字(2018)第202380号

纳兰词 彩插精装版

著　　者	【清】纳兰性德
编　　著	子　艮
绘　　者	宋景淼
责任编辑	倪　敏
责任校对	仲　敏
责任监制	方　晨
出版发行	江苏凤凰科学技术出版社
出版社地址	南京市湖南路1号A楼，邮编：210009
出版社网址	http://www.pspress.cn
印　　刷	天津旭丰源印刷有限公司
开　　本	880 mm×1 230 mm　1/32
印　　张	7
插　　页	4
字　　数	68 000
版　　次	2018年12月第1版
印　　次	2023年5月第2次印刷
标准书号	ISBN 978-7-5537-9625-3
定　　价	49.80元（精）

前言

悲莫悲兮生别离，乐莫乐兮新相知

第一次读《纳兰词》究于何时，已经记不大清楚了。但第一次被《纳兰词》深深吸引却是记得颇清楚的。那是在有些遥远的日子里：高考已毕，北上入学报到的前夜，在整理行囊之余，无绪之中，拿来一本词选，信手翻看，无意之中竟看到了纳兰性德的那首《长相思》：

山一程，水一程。身向榆关那畔行，夜深千帐灯。
风一更，雪一更。聒碎乡心梦不成，故园无此声。

当时的年岁是颇有些“少年不识愁滋味”的，便自忖找到了知音。于是捧着他的词，在初秋的院子里且行且吟，感觉自己仿佛已经受了几多山程水驿，来到了北方，再也听不见故园低低的呼吸声了，眼前是一更的风、一更的雪和茫茫的夜。于是，一种伤感之情兀自充满了小小的心灵，至于纳兰性德是谁，这首词好处在哪，却无甚心思注意到。

如今想来，这些做法固然有些孩子气，然而“喜欢”，究竟是难以言说的，恰如纳兰性德《少年游》中所言，“称意即相宜”。当然，这句说的是爱情：被一个人深爱的时候，我们便常常要问“你喜欢我什么啊”，答案其实真的颇简单，爱就爱“称意”这两个字啊！看着你,眼睛觉得舒服;听到你，耳朵觉得舒服；摸到你，手指觉得舒服；闻着你，鼻子觉得舒服……就是称意。称意了，便相宜了。然而以此解释我们缘何喜欢某一首诗词，我以为尚不足也。诗词是有意舍弃了生活的表象，直指人的心灵，与我们的情感最微妙之处相连，与人类的生命节奏相连。我们每个人的内心，其实常常都会有一种朦胧的韵律,如清波之渺渺、荷香之淡淡、杨柳之依依。当我们读到某一首诗词时，内心的这种韵律便会涌出，与诗词中的节奏、旋律产生共鸣，每逢此时，我们便会被一首诗词打动，尽管它们有时并不甚高明。

对于这两种心灵韵律的契合，我们并不总能详加体察。诗人本人风花雪月的故事、爱恨情愁的演绎反而更能打动我们。然而，这其实也是一种心灵的共振、情感的牵结、灵魂的交谈。喜欢某个人，一定是他或他生命的一部分打动了我们。对于纳兰性德来说，尤是如此。严格说来，纳兰性德的词是“仿”出来的，依启功先生的说法：“唐以前的诗是淌出来的，唐朝的诗是嚷出来的，宋朝的诗是想出来的，宋以后的诗是仿出来的。”然而这并不妨碍三百多年后我们进入纳兰性德的心灵世界：其“绝域生还吴季子”式的诚，“天上人间情一诺”式的真，“情在不能醒”式的“索性多情”，如斯种种至情至性，拨动了我们内心深处那根“一往情深深几许”的琴弦，让我们为卿痴狂，“共君此夜须沉醉”。

正是在这种有些无来由的“喜欢”中，我买来了中华书局出版的《饮水词笺校》，开始逐字逐句地阅读。两个多月过去，稿子也写得差不多了，可是心中的纳兰性德反而模糊起来：这位公子究竟在何处呢？是在淅沥的风雨中，寂寂的金井旁，为伊人葬落花？还是在月明星稀的渌水亭畔，清风徐徐的合欢树下，与朋友赏花观荷？抑或在深秋的黄昏，萧瑟的西风中，怀揣一卷诗词，按剑垂鞭，慢慢地走进那半透明的深深的蓝里……然而不管在何处，就是“喜欢”，诚如一位网友所说：想去为他伤，为他悲，为他痴，为他狂。“爱”上他，是颇容易的事情，一如清澈见底的溪水，照出每一个人的灵魂。譬如“人生若只如初见”，譬如“当时只道是寻常”，譬如“记当时，垂柳丝，花枝，满庭蝴蝶儿”。

相遇总是太美。至情如纳兰性德者，倾其一生，苦苦诉说，却不脱“离殇”二字。《楚辞》中云：“悲莫悲兮生别离，乐莫乐兮新相知。”人的生命，从未永恒，总也无法超越这个平常的字眼。然而我们还有相知，一如三百年后，我们与纳兰性德结缘，听他，懂他……

是为序。

子艮

目录

春色秋光里

梦江南

昏鸦尽，
小立恨因谁？
急雪乍翻香阁絮，
轻风吹到胆瓶梅，
心字已成灰。

注

◎ 昏鸦：黄昏时分，昏暗不明的乌鸦群。
◎ “急雪”句：柳絮好像飘飞的急雪，散落到香阁里。香阁，古代青年女子所居之内室。
◎ 胆瓶：长颈大腹，形如悬胆之花瓶。
◎ 心字：即心字香。

词译

天空中乌鸦影影绰绰的羽翼淹没在昏黄的暮色中，是谁让我还在那里久久凭栏呆望着苍穹？是怨，或是痴，风卷起她香阁中的柳絮，宛如翩然而至的急雪，穿过空寂的心房，些许惊诧，却又冻彻心扉。拨动花瓶中散落的几枝寒梅，万念俱灰。

冥

赤枣子

惊晓漏，
护春眠◎。
格外娇慵只自怜。
寄语酿花◎风日好，
绿窗来与上琴弦。

注

◎ **“惊晓漏”二句**：清晨，人被滴水声惊醒，却依然贪睡。

◎ **酿花**：催花开放。

词译

屋檐的滴水声将她从浅梦中惊醒，却赶不走浓浓的睡意。张开柔弱倦怠的双眸，那恍如隔世的梦境与眼前稍瞬即逝的春光让人心生悲怜。满园娇嫩欲滴、含苞待放的花朵啊，快趁着美好的季节绽放自己，我也要推开小楼的碧纱窗，好让情意绵绵的琴声飘得更远一些。

朝云

遐方怨

欹角枕◎，
掩红窗。
梦到江南，
伊家博山◎沉水香◎。
浣裙◎归晚坐◎思量。
轻烟笼浅黛◎，
月茫茫。

注

◎ **欹角枕**：斜靠着枕头。欹（qī），通“倚”，斜靠着。角枕，角制或用角装饰的枕头。

◎ **博山**：即博山炉，一种香炉。

◎ **沉水香**：即沉香，一种香料。

◎ **浣裙**：即浣衣，洗衣。

◎ **坐**：犹“自”。

◎ **浅黛**：用黛螺淡画的眉毛。此处代指美丽的女子。

词译

幽幽地倚坐在红窗前，跳跃的烛火在掩闭的窗子上拖着孤单的影子。恍惚间，香炉燃起的沉水香中袅袅浮现出江南水乡与远方伊人的模样。她洗完了衣服却忘记了回家，伫立在河边，对着水影陷入愁思。那薄薄的水烟笼住她淡淡的眉弯，如月色般凄美怜人。

如梦令

正是辘轳金井，
满砌落花红冷。
蓦地一相逢，
心事眼波难定。
谁省，谁省。
从此簟纹灯影。

注

◎ 辘轳金井：装有辘轳的水井。辘轳，井上汲水的起重装置。金井，指装饰华美的雕栏之井。

◎ 簟（diàn）纹灯影：空房独处，寂寞无聊。簟纹，指竹席之纹络，这里借指孤眠幽独的景况。

词译

还记得，那是一个春意阑珊的时节，清晨的薄暮还未从辘轳金井上褪尽，湿漉漉的石阶上落花层层叠叠、红艳消残。不经意间与她相遇，有心相逑，怎奈揣测不出对方眼神、心意，难以表露真情。谁知道呢？更说不清。归来后只得空对竹席灯影，相思难寄，辗转难眠。

清影

如梦令

纤月黄昏庭院，
语密翻教醉浅。
知否那人心，
旧恨新欢相半。
谁见。谁见。
珊枕泪痕红泫。

注

◎ “语密”句：对方情意深厚，使自己的醉意顿时消退。翻，同“反”，表示挫折，相当于“反而”“却”。

◎ 珊枕：珊瑚枕。

◎ 红泫：红泪。

词译

黄昏的庭院寂寥无声，纤巧的一弯新月悬在天空中，记得那时她在我耳畔的低喃细语、吐气如兰，驱散了暮秋的浓浓醉意。时过境迁，如今却不知佳人何处，心系何人，只怕是旧爱早忘，新欢另结。郁恨难平啊，直到我红色的泪浸透了枕头。

秋思

如梦令

木叶纷纷归路。残月晓风何处。消息半浮沈，今夜相思几许。秋雨。秋雨。一半西风吹去。

注

◎ “残月”句：北宋柳永《雨霖铃》：“今宵酒醒何处，杨柳岸晓风残月。”

◎ 浮沈：即“浮沉”，指消息隔绝。

◎ “秋雨”句：用清朱彝尊《转应曲·安丘客舍对雨》词句：“秋雨，秋雨。一半因风吹去。”

词译

枯黄的落叶纷纷坠下，填塞住旅人眼中思归的路。遥寄一弯残月、几缕晨风，带走我长长的思念。几番讯息杳然，堆叠起今夜厚厚的相思之情，沥沥秋雨在空中如泣如诉，恰似我的思念在凄冷的秋风中瑟瑟发抖，空留一地叹息。

天仙子

梦里蘼芜青一剪，
玉郎经岁音书远。
暗钟明月不归来，
梁上燕，轻罗扇，
好风又落桃花片。

注

◎ “梦里”句：意为梦中所见到的是一片青青齐整的蘼芜。蘼芜，一种香草。

◎ **玉郎**：古代对男子之美称，或为女子对丈夫、对情人之爱称。

◎ **暗钟**：即夜晚之钟声。

◎ **轻罗扇**：质地极薄的丝织品所制之扇，为女子夏日所用。诗词中常以此隐喻女子之孤寂。

词译

恍然一梦，梦境中蘼芜青青，她面色含嗔，幽幽地站在一片春色之中。长夜里钟声侧畔、月隐月圆，就连梁檐之间的燕子也软语温存。远行的丈夫一年来音信全无，你为什么不回来呢？我形单影只，轻薄的罗扇挥不散满心愁绪，却又偏偏吹落桃花片片。

幽芳

天仙子

好在软绡红泪积，
漏痕斜罥菱丝碧。
古钗封寄玉关秋，
天咫尺，人南北。
不信鸳鸯头不白。

注

◎ 软绡红泪积：柔软轻薄的丝织物上满是伤心泪。

◎ 漏痕：指草书。

◎ 斜罥(juàn)：斜挂着。

◎ “古钗”句：将草书寄往边关。古钗，本指古人用的钗头，后喻指所书字体之笔画挺直如古钗一样，此处指草书。玉关，即玉门关，古代以玉门关代指遥远的征戍之地。

词译

你寄来的轻纱上点点的泪迹依旧，犹如行行草字菱蔓般斜斜而落，凄清娟秀，字字情深。这沉沉的思念送至我的面前，让我迫不及待地想飞回你的身边。攥着书信，你我相隔咫尺，却远胜天涯，但我仍坚信我们终会相伴到老。

天仙子

渌水亭秋夜

水浴凉蟾风入袂，
鱼鳞蹙损金波碎。
好天良夜酒盈樽，
心自醉，愁难睡。
西南月落城乌起。

注

◎ 渌水亭：池畔之园亭。渌水，清澈之池水。
◎ 凉蟾：指水中之月。
◎ “鱼鳞”句：水中鱼儿游泳，搅碎了水中的月色。金波，指水中之月光。
◎ 城乌：城楼上的乌鸦。

词译

连天的碧水托起水中月的光洁，凌波而立，寒风灌满衣袖。潜游的鱼儿搅碎那金色的圆盘，化作细碎的光晕。良辰美景，斟满的美酒未动却已暗自沉醉，一股清愁涌上心头。缭乱的心绪如同那搅乱的水波，直至风起月沉时，数只寒鸦消逝在夜幕中，一切终归平静。

风轻微弄影

长相思

山一程，水一程。
身向榆关那畔行◎，
夜深千帐灯。
风一更◎，雪一更。
聒碎乡心梦不成◎，
故园无此声。

注

◎ “身向”句：此时正向关外行进。榆关，山海关。那畔，那边。

◎ 一更：一阵。

◎ “聒碎”句：吵闹声把思乡的梦搅碎。聒(guō)，吵闹声。

词译

山水相衔，浩浩荡荡的军旅马不停蹄地朝着关外疾进。入夜时分，四下里千百个营帐凸现起点点灯火。这一夜风雪交加，嘈杂声将思乡人的甜梦搅碎，让他们想起远在千里之外的故园，那里有天伦之乐、画眉之情、田园之趣，没有如此乱人心绪的扰人之声。

觅荫

相见欢

落花如梦凄迷。麝烟◎微，又是夕阳潜下小楼西。

愁无限，消瘦尽，有谁知。闲教玉笼鹦鹉念郎诗◎。

注

◎ **麝烟**：焚烧麝香所散发的香烟。

◎ **“闲教”句**：化用柳永《甘草子》词：“却傍金笼教鹦鹉，念粉郎言语。”

词译

暮春时节，画阁雕栏外的落花悠悠飘坠，如烟似梦；袅袅的熏香烟雾中，无情的夕阳又一次悄悄地溜下小楼。斜倚门廊的女子满心愁苦，形神消瘦，却无人理解。只好在空暇时调弄学舌的鹦鹉，一遍遍地念着心上人的诗句，当作他就在自己的身旁。

昭君怨

深禁好春谁惜，
薄暮瑶阶伫立。
别院管弦声，不分明。
又是梨花欲谢，
绣被春寒今夜。
寂寞锁朱门，梦承恩。

注

◎ 深禁：即深宫。
◎ 瑶阶：宫殿中台阶的美称。
◎ 承恩：受到皇帝的宠幸。

词译

深深的宫阙中，还有谁会怜惜这满园的春色？薄暮中，她孤零零地伫立在瑶阶上，遥远的院落里隐隐传来管弦奏乐之声，似有若无。时光逝去，青春不再，又逢满树梨花凋落，虚掩的红门早被失落与寂寞重重深锁，承恩的春梦还能否温暖今夜浸透床褥的寒意？

相呼

昭君怨

暮雨丝丝吹湿，
倦柳愁荷风急。
瘦骨不禁秋，
总成愁。
别有心情怎说，
未是诉愁时节。
谯鼓已三更，
梦须成。

注

◎ 不禁：不能经受。
◎ 谯鼓：古代谯楼上的更鼓。
◎ 须：即“应”。

词译

如丝的秋雨为黄昏抹上一层愁绪，那人静静地伫立在雨中，任冰冷的雨水打湿衣衫，看着那郁郁寡欢的柳枝、荷叶忍受风雨肆虐，如同我一般，纤弱的身骨因经受不住而久愁成疾。这无尽的愁苦无处袒露，更茫然无绪，唯有待梦中消解，遥闻夜已三更，应当有个好梦。

空谷幽姿

酒泉子

谢却荼蘼，
一片月明如水。
篆香消，犹未睡，早鸦啼。
嫩寒无赖罗衣薄，
休傍阑干角。
最愁人，灯欲落，雁还飞。

注

◎ 荼蘼：落叶小灌木，攀缘茎，有刺，清香洁美。
◎ 嫩寒：轻寒、微寒。
◎ 无赖：犹无情无义。

词译

荼蘼凋敝，清冷的月光如水般漫过旷野，夏花的绚烂与生机转瞬即逝，徒留几缕残香与无尽的凄凉。篆香消去，早鸦复啼，毫无怜花惜玉之情的秋寒透过薄薄的罗衫，浸透心底，纵然拍遍阑干，也是愁绪难平，知音难觅。看那晨曦中微弱的灯火渐渐合上困倦的睡眼，决绝的大雁仍准备上路南飞。

生查子

东风不解愁，偷展湘裙衩。
独夜背纱笼，影著纤腰画。
爇尽水沉烟，露滴鸳鸯瓦。
花骨冷宜香，小立樱桃下。

注

◎ 湘裙衩：指用湘地丝绸制作的裙衩。
◎ 纱笼：灯笼。
◎ “爇(ruò)尽”句：沉香已经燃尽。爇，燃烧。
◎ “花骨”句：意谓夜来天寒露冷，花蕾却散发出宜人的香气。花骨，即花蕾。

词译

不解风情的春风无力吹去她脸颊上的愁云，却又留恋地偷偷拂动着她的裙摆。夜幕重重，她独自背着熏香纱笼，浮光暗动将她消瘦的身形映在地面上，犹如铺染的水墨丹青。沉香渐冷，屋檐相偎的青瓦上晨露凝结，她伫立在樱桃花下，宛如这满树柔弱的花枝，暗香浮动。

南风拂花枝

生查子

散帙°坐凝尘，吹气幽兰并。茶名龙凤团°，香字鸳鸯饼°。

玉局°类弹棋，颠倒双栖影。花月不曾闲，莫放相思醒°。

注

◎ **散帙**：指打开的书卷。

◎ **龙凤团**：茶名，即龙团凤饼，为宋代著名的贡茶，呈饼状，上有龙纹，故名。

◎ **鸳鸯饼**：形似鸳鸯的焚香饼。一饼之火，可熏燃一日。

◎ **玉局**：棋盘之美称。

◎ **“莫放”句**：莫引起相思之情。

词译

散乱的书卷不知何时已蒙上一层薄尘，她微微的叹息宛如空谷幽兰般透着无尽的清雅、寂寞，沉入空气中，归于无痕。龙凤团茶，鸳鸯香饼，优雅、声清的棋盘旁对弈成双，就连光可鉴人的纹坪阡陌间也倒映着鸟儿双宿双飞的幸福身影。无处不是风花雪月，却独留多情人空守相思。

再回首

生查子

短焰剔残花，
夜久边声寂。
倦舞却闻鸡，
暗觉青绫湿。
天水接冥濛，
一角西南白。
欲渡浣花溪，
远梦轻无力。

注

◎ 残花：即烛花，烛心燃烧后结成的穗状物。

◎ “倦舞”句：古以闻鸡起舞作为壮士奋发之典故，这里说的是倦于“起舞”却偏偏“闻鸡”的矛盾心情。

◎ 青绫：青色而有花纹的丝织物。

◎ 冥濛：幽暗不明。

◎ 浣花溪：在四川省成都市西郊，为锦江支流，溪旁有杜甫故居浣花草堂。这里借指自己的家。

◎ 远梦：指思念远方的梦。

词译

烛光闪烁，不断地剪去烛花，以让那光能更明亮一些，温暖旅居边塞的异乡人的心。长夜漫漫，萧索的边地之声变得空寂难耐，低促的鸡鸣声非但没有让人徒生奋发起舞的兴致，反而倦意重重，忽觉身上的单衣也被晨雾打湿。家的方向幽暗不明，连借梦归乡都那么的遥不可及。

点绛唇

咏风兰

别样幽芬，
更无浓艳催开处。
凌波欲去，且为东风住。
忒煞萧疏，争奈秋如许。
还留取，冷香半缕，
第一湘江雨。

注

◎ 浓艳：艳丽、华丽。此处代指鲜艳的花朵。

◎ 凌波：在水上行走。

◎ “忒煞”句：过于稀疏。

◎ 冷香：指花之清香，多喻菊、梅之香气。

◎ 第一湘江雨：张纯修此时正在湖南江华做官，故此句意谓他所画之风兰堪称画中第一了。

词译

风兰伫立在那里，散发着清幽淡雅的气息，如此与众不同，让那些徒有其表的浓芳艳物自惭形秽。它在轻风中摇曳着身姿，宛如仙子凌波飞渡，真希望这一切的美好都能定格在那里，永不消逝。即便是过于柔弱、稀疏，风兰仍在冷冷秋意中傲然不群，吐露幽香。

点绛唇

一种蛾眉◎，
下弦◎不似初弦◎好。
庾郎◎未老，
何事伤心早？
素壁斜辉，
竹影横窗扫。
空房悄，乌啼欲晓，
又下西楼◎了。

注

◎ 蛾眉：比喻女子的眉毛。此处借指月亮。

◎ 下弦：指农历每月二十三日前后的月亮。

◎ 初弦：即上弦，指农历每月初八前后的月亮。

◎ 庾郎：即庾信，有《伤心赋》。词人二十三岁丧妻，故以庾信自况。

词译

同样是纤长半弯，眼前是一弯皓月，心中是半遮蛾眉，初弦含情尤可待，下弦徒悲空守残，那苍穹中斜挂的银钩凝结着无数哀伤之泪。伤心人，人未老，却早已伤彻心扉。清冷的素壁上月光似水，空灵的竹影在窗外深浅摇曳。人去楼空，乌啼月落，徒留一人对影凭吊。

霜禽欲下

点绛唇

黄花城早望

五夜光寒，
照来积雪平于栈。
西风何限，
自起披衣看。
对此茫茫，
不觉成长叹。
何时旦，晓星欲散，
飞起平沙雁。

注

◎ 黄花城：在今北京怀柔。

◎ 五夜：即五更。古代将一夜分为甲、乙、丙、丁、戊五段，故称。

◎ 栈：栈道。

◎ 何限：多少。

词译

天色将明，皓皓银辉掩映下，厚厚的积雪已经堆叠到栈道的高度，难得一见的风雪让人不禁披上衣衫，纵目观看。窗外天地间茫茫一片，心中徒生清冷、孤苦之感，唏嘘不已。什么时候才能守到风停雪住、晴空如洗，再看那寥落的几颗晨星黯然坠去，大漠平沙间大雁归还？

天青露冷

浣溪沙

泪浥红笺第几行。
唤人娇鸟怕开窗。
那能闲过好时光。
屏障厌看金碧画◎，
罗衣不奈水沉香◎。
遍翻眉谱◎只寻常。

注

◎ **金碧画**：金碧山水画，即以泥金、石青、石绿三色为主的山水画。古人多将其画于屏风之上。

◎ **水沉香**：即沉香。落叶亚乔木，产于亚热带，木材是名贵的熏香料，能沉于水，故又名水沉香。

◎ **眉谱**：古代女子画眉毛的图谱。

词译

记不清她的泪藏在红笺上的第几行，忍不住的行行相思、字字哽咽让她再无力写下去。窗外的春光中鸟儿欢唱，牵动她的愁绪，黯然神伤，只好复还关上。青春年华如此付诸空空流水，厌倦了画屏上的山水叠嶂，习惯了罗衫上的水沉香气，翻遍画眉的图谱，依然觉得索然无味。

浣溪沙

谁念西风独自凉◎？
萧萧黄叶闭疏窗◎。
沉思往事立残阳。
被酒◎莫惊春睡重，
赌书消得泼茶香◎。
当时只道是寻常。

注

◎ **“谁念”句**：秋天到了，凉意袭人，独自冷落，有谁再念起我呢？谁，指亡妻。

◎ **疏窗**：刻有花纹的窗户。

◎ **被酒**：中酒、酒醉。

◎ **“赌书”句**：此处用了李清照的故事。李清照《金石录后序》谓自己常与丈夫赵明诚比赛，看谁的记性好，能记住某事载于某书某卷某页某行。经查检原书，胜者可饮茶以示庆贺。有时举杯大笑，不觉让茶水泼湿衣裳。此句以此典为喻，说明往日与亡妻有着像李清照一样美满的夫妻生活。

小园幽趣

词译

雕花的窗棂外，西风卷着萧萧落叶四处飘舞，是否她也同我一样感受到凄冷孤寂的瑟瑟秋意？夕阳西下，一个人独立在那里，往事历历在目。曾记得醉酒伏睡时的小心呵护，曾记得赌书泼茶时的肆意开怀。习惯了这些场景，伊人不在，甜美的回忆却成为最痛彻心扉的惩罚。

浣溪沙

消息谁传到拒霜◎？
两行斜雁碧天长。
晚秋风景倍凄凉。
银蒜◎押帘人寂寂，
玉钗敲竹◎信茫茫。
黄花开也近重阳。

注

◎ 拒霜：木芙蓉花，俗称芙蓉或芙蓉花，仲秋开花，耐寒不落，故名拒霜。

◎ 银蒜：银制的蒜形帘押。

◎ 玉钗敲竹：用玉钗轻轻敲竹，以排遣愁怀。

词译

是谁曾告诉我，远行的离人会在木芙蓉花绽放的季节回到我的面前？归雁斜飞，秋意撩人，在这个凄凄清清的时节，银制的帘押始终无声无息，牵系思念的帘帷从未被人掀起，只好用玉钗轻敲着竹管打发无聊，那声音断续、清婉，想必菊花绽放时，木芙蓉花也快要开放了吧？

安居得福

浣溪沙

雨歇梧桐◎泪乍收，
遣怀翻自忆从头。
摘花销恨旧风流◎。
帘影碧桃人已去◎，
屧痕◎苍藓径◎空留。
两眉◎何处月如钩？

注

◎ **雨歇梧桐**：唐温庭筠《更漏子》词：“梧桐树，三更雨，不道离情更苦。”

◎ **“摘花”句**：当初曾与她有过美好的风流往事。杜甫《佳人》：“摘花不插发，采柏动盈掬。”

◎ **碧桃人已去**：化用唐崔护《题都城南庄》：“人面不知何处去，桃花依旧笑春风。”

◎ **屧(xiè)痕**：即鞋痕。屧，木板拖鞋。

◎ **径**：小路。

◎ **两眉**：代指所思恋之人。

浮香

词译

秋雨消歇，梧桐叶上沥声渐止，却也泪迹斑斑，反而勾人想起那段摘花销恨的风月旧事。如今帘影招招，碧桃依旧，佳人却消失了踪影，空留着青苔小径上她步履踏过的浅浅脚印，散去淡淡的温香。这两处遥遥相望的思念如今付诸如钩的冷月，守望着谁的爱情与过往？

浣溪沙

莲漏◎三声烛半条，
杏花微雨湿红绡◎。
那将红豆◎寄无聊。
春色已看浓似酒，
归期安得信如潮◎。
离魂入夜倩谁招。

注

◎ 莲漏：即莲花漏，古代一种计时器。

◎ “杏花”句：清明前后，杏花盛开时的小雨打湿了红色的花朵。红绡，代指红色花朵。

◎ 红豆：象征爱情或相思等。

◎ 信如潮：即如信潮，如定期到来的潮水一样准确无误。

词译

夜已阑珊，莲漏声在耳际幽幽地绕过三匝，半残的红烛仍独自落泪不止。只恼那多情的细雨溅湿了满园杏花，徒留落红一地。为何还要将勾人情愫的红豆寄与我，平添几分相思之苦呢？这满眼的春色空守得浓醇似酒，离人的归期难料，在这个孤寂的夜晚，谁能将他的心拉回到我的身边呢？

浣溪沙

欲问江梅◎瘦几分，
只看愁损◎翠罗裙。
麝篝衾冷惜余熏◎。
可耐暮寒长倚竹◎，
便教◎春好不开门。
枇杷花底校书人◎。

注

◎ 江梅：野梅。此处以江梅喻离去的侍妾沈宛。

◎ 愁损：因愁情而使人消瘦。

◎ **“麝篝”句**：麝篝，燃烧麝香的熏笼。余熏，麝香燃后的余热。

◎ **“可耐”句**：可耐，即可奈，无可奈何。杜甫《佳人》诗：“天寒翠袖薄，日暮倚修竹。”

◎ **便教**：即便是，纵然是。

◎ **校书人**：唐王建《寄蜀中薛涛校书》诗：“万里桥边女校书，枇杷花里闭门居。”薛涛是唐代名妓，能诗，故后世称能诗文的妓女为女校书。这里借指花下读书人。

素秋

词译

疏瘦的江梅迎风而立，想必是隔水相望的她也在愁思牵绊中更消瘦几分。衾被渐冷，熏笼中独自燃烧的麝香散发着余温，让人无限怜惜。在落日的寒风中，孤傲高洁的佳人久久背靠着修竹，纵然屋外春光无限，仍闺门紧锁，在枇杷花下相伴诗书琴画，将心事深藏。

浣溪沙

一半残阳下小楼，
朱帘斜控◎软金钩。
倚阑无绪不能愁◎。
有个盈盈◎骑马过，
薄妆浅黛亦风流。
见人羞涩却回头。

注

◎ 斜控：斜斜地垂挂。控，下垂、弯曲貌。
◎ 不能愁：不能控制心中的忧愁。
◎ 盈盈：仪态美好。此处代指仪态美好之人。严绳孙《虞美人》词：“有个盈盈相并说游人。”

词译

夕阳西下，几抹余晖悄悄地退下小楼的台阶，朱帘斜斜地垂挂在细软的金钩上，佳人倚坐在栏杆边，意兴阑珊。她笑看那个袅娜娉婷的小女子骑着马轻盈地穿过市井，稍加修饰的容貌即已分外娇艳动人，她在众人的侧目中面泛桃花之色，却忍不住偷偷地回头张望。

花非花

浣溪沙

睡起惺忪强自支。
绿倾蝉鬓◎下帘时。
夜来愁损小腰肢。
远信不归◎空伫望，
幽期◎细数却参差◎。
更兼何事耐寻思。

注

◎ **绿倾蝉鬓**：形容低垂着头，头发偏坠的样子。绿，指妇女似绿云的头发。蝉鬓，古代妇女的一种发式，因轻薄似蝉翼，故称蝉鬓。

◎ **远信不归**：指对方没有来信。

◎ **幽期**：男女间的私约。

◎ **参差**：依约、仿佛，意谓不甚分明。

词译

浅梦方醒，就要勉强打起精神，那如绿云般的蝉鬓倾垂一侧，也毫无心思去重新梳理，这一夜的愁苦哀怨让她形神俱疲。想那离人远赴他乡却音信皆无，空留佳人望穿秋水，日日心无着落，连细数着相约的归期都算不分明，又怎能指望耗费心思、心有旁顾呢？

浣溪沙

残雪凝辉冷画屏。
落梅横笛已三更。
更无人处月胧明。
我是人间惆怅客，
知君何事泪纵横。
断肠声里忆平生。

注

◎ **画屏**：绘有彩画的屏风。

◎ **落梅**：古代羌族乐曲名，又名《落梅花》，以横笛吹奏。

◎ **月胧明**：月色朦胧。

◎ **断肠声**：化用白居易《长恨歌》中“夜雨闻铃肠断声”。

词译

庭院里的残雪映着月亮皎洁的银辉，让缤纷的画屏也变得毫无色彩与生机，一片清冷。夜空中幽怨的笛声悄然响起，划破了深夜的寂静。月色朦胧，让孤独的人影也变得模糊起来。那人间的惆怅之人啊，为何任泪水将自己淹没，在悲寂的断肠之声中凭吊故情？

秋韵

浣溪沙

五字诗中目乍成。
尽教残福折书生。
手挼裙带那时情。
别后心期和梦杳，
年来憔悴与愁并。
夕阳依旧小窗明。

注

◎ “五字诗”句：五字诗，即五言诗。目乍成，男女间以目传情。

◎ **残福：**短暂的幸福。

◎ **挼(ruó)：**揉搓。

◎ **心期：**心相期许。

◎ **小窗明：**化用唐方棫《失题》诗：“夕阳如有意，长傍小窗明。”

词译

记得初见时互赠诗文间，你我悄悄心缔暗结、眉目传情，突如其来的片刻幸福让木讷的我不知所措，让你的纤手揉搓着裙带爱恨不成。这一别，未曾开口的海誓山盟已如梦一般遥远，再无缘触及。只让我日夜饮愁成病，虽人如落日，但朝向你的小窗终日为你敞开。

寻芳

浣溪沙

记绾长条，欲别难。
盈盈自此隔银湾。
便无风雪也摧残。
青雀几时裁锦字，
玉虫连夜剪春幡。
不禁辛苦况，相关。

注

◎ 绾(wǎn)长条：绾，缠绕打结。长条，柳条，古人有折柳赠别的习俗。

◎ “盈盈”句：盈盈，形容水的清澈。银湾，银河。

◎ “青雀”句：青雀，青鸟，传说是西王母的信使，后用为信使的代称。锦字，女子寄给丈夫或情人的书信。

◎ “玉虫”句：玉虫，灯花。春幡，立春之日做的小旗，旧时习俗，在立春之日将其悬挂枝头或戴在头上，以示迎春。

◎ 况：正，适。

窃

词译

曾记得风中纠缠相绕的柳条拖住离人分别的脚步，自长亭水畔一别，就宛如牛郎织女般相隔，再难相见。即便没有风雪侵袭，也让人容颜老去、哀怨怅惘。何时才能盼到情人寄来的书信？还是那人正在灯下为相聚剪制春幡，这绵绵的情丝与愁念正源源而生。

浣溪沙

身向云山那畔◎行。
北风吹断马嘶声。
深秋远塞若为情◎。
一抹晚烟荒戍垒◎，
半竿斜日旧关城。
古今幽恨几时平。

注

◎ 那畔：那边。
◎ 若为情：何以为情，是怎样的情怀。
◎ 荒戍垒：荒凉萧瑟的营垒。戍，保卫。

词译

带着使命向着云雾缭绕的群山深处逶迤而行，凛冽的骤风淹没了战马的嘶鸣，深秋中的边塞激起人无尽的壮志豪情。暮色中城郊的晚烟袅然升起，荒凉的营垒在秋风中悲鸣，低低的斜阳残照，这承载着古今多少沧桑的幽恨之地，何时才得安宁？

浣溪沙

万里阴山万里沙。谁将绿鬓斗霜华。年来强半在天涯。

魂梦不离金屈戌，画图亲展玉鸦叉。生怜瘦减一分花。

注

◎ 绿鬓斗霜华：绿鬓，乌黑的头发。斗，斗取，即对着。霜华，指秋霜，谓白发。

◎ 强半：大半、过半。

◎ 屈戌：门窗上的环纽。此处代指梦中思念的家园。

◎ 玉鸦叉：玉制鸦形的叉子。此处指闺里人之容貌。

◎ “生怜”句：此句谓最可怜者是家中的妻子，因思夫而消瘦。生怜，犹甚怜、剧怜。

词译

阴山之外，大漠茫茫，是谁将我满头的青丝染成如霜般的白发？这么多年来，将一半多的时间耗费在只身天涯，但孤单的梦魂一刻没有离开过朝思暮想的故园和伊人。总是不时地展开贴身而藏的妻子的画像，她那如花的面庞，想必是因为对我的思念又消瘦了一圈吧。

秋露

浣溪沙

凤髻抛残秋草生。
高梧湿月冷无声。
当时七夕记深盟。
信得羽衣传钿合，
悔教罗袜葬倾城。
人间空唱雨淋铃。

注

◎ “当时”句：指唐明皇与杨贵妃曾在七月七日盟誓，愿永为夫妇。

◎ 羽衣传钿合：羽衣，原指用鸟的羽毛织成的衣服，这里指道士。钿合，首饰盒。

◎ 罗袜葬倾城：罗袜，此处代指亡妻的遗物。倾城，绝色美女的代称，这里代指亡妻。

◎ 雨淋铃：据唐郑处诲《明皇杂录补遗》，唐明皇曾作《雨霖铃》曲以悼念杨贵妃。雨淋铃即《雨霖铃》。

词译

或许她那光润整齐的发髻已化作这满目萧瑟的秋草，高高的梧桐树上，一汪水月默默无声，曾经坚贞不渝的海誓山盟似乎仍言犹在耳。若知道人生前的信物可以成为阴阳两界寄情、沟通的法器，悔不该让她带走了世间的一切，独留我一人对月哀怨、空度春秋。

浣溪沙

肠断斑骓去未还，
绣屏深锁凤箫寒。
一春幽梦有无间。
逗雨疏花浓淡改，
关心芳草浅深难。
不成风月转摧残。

注

◎ **斑骓**：身上有杂色斑纹的马。唐李商隐《对雪》诗：“关河冻合东西路，肠断斑骓送陆郎。”

◎ **凤箫**：排箫。

◎ **逗雨疏花**：春雨撒在稀疏的花上。

◎ **关心**：牵惹人的情思。

◎ **不成**：难道。

词译

良人去后迟迟不归，闺中女子空守断肠，那重重的绣屏将愁思深锁，连时常把玩的凤萧也闲置起来，冷落了许久。一朝春梦聊以慰人，醒来时却发现一切皆空。迷离的春雨正冲去鲜花的艳丽，扰人的芳草也由浅而深漫向天际，难道这一切都如易逝的春光，终将离我而去吗？

花影欲摇

浣溪沙

旋拂轻容写洛神◎，
须知浅笑是深颦◎。
十分天与可怜◎春。
掩抑薄寒施软障◎，
抱持纤影藉芳茵◎。
未能无意下香尘◎。

注

◎ “旋拂”句：随意拂拭素绢为她画像。旋，漫，随意。轻容，薄纱，这里指用来画画的素绢。写，画。洛神，洛水女神宓妃，古诗文中常用来代指美女。

◎ 颦(pín)：皱眉。

◎ 天与可怜：天生可爱。可怜，可爱。

◎ “掩抑”句：怕画中人因衣着单薄而感到冷，所以画上布幔挡风。软障，布幔。

◎ 藉芳茵：藉，践、立。芳茵，华美的地毯。

◎ 香尘：女子步履扬起的灰尘。这里指人间。

和露

词译

频频地拂拭着绢纸难于落笔，她那惹人怜爱的神情即便是眉弯紧锁，也仿佛是在向你颔首浅笑。天生的丽质宛如明媚的春光在你身边缓缓流过，清新而自然。让我添画上布幔香褥为你遮挡风寒。她是不小心落入凡间的仙子，从画中款款走下，一路鲜花，让人心醉情迷。

浣溪沙

十二红帘窣地深，
才移刬袜又沉吟。
晚晴天气惜轻阴。
珠衱佩囊三合字，
宝钗拢髻两分心。
定缘何事湿兰襟。

注

- “十二红”句：十二红，太平鸟的别称。窣(sū)，下垂。
- **刬(chǎn)袜**：只穿袜子而不穿鞋。
- **“珠衱”句**：珠衱(jié)，饰有珠玉的腰带。三合字，在两个香囊上各绣三个半边字，合在一起即成三个字。
- **两分心**：女子的发型，从中间分开。
- **“定缘”句**：既然是前世注定的姻缘，为何还要泪满衣襟呢？

词译

绣织着太平鸟的红色帘幕低垂在地上，佳人心事重重，刚欲莲步轻移又迟疑起来。那傍晚的晴空下，层层树影随着夕阳落去由浓转疏。裙带上佑护吉祥的珠玉香囊，发髻间践诺誓言的定情宝钗，如今鉴证两处心字。既是前世注定的姻缘，为何还要落得泪湿满襟？

浣溪沙

寄严荪友

藕荡桥边埋钓筒，苎萝西去五湖东。笔床茶灶太从容。

况有短墙银杏雨，更兼高阁玉兰风。画眉闲了画芙蓉。

注

◎ “藕荡桥”句：藕荡桥，严荪友在无锡西洋溪宅第附近之桥，荪友以此而自号藕荡渔人。钓筒，插在水里捕鱼的竹器。

◎ “苎萝”句：苎萝，苎萝山，在浙江省诸暨市南。五湖，即太湖。

◎ 笔床茶灶：卧置毛笔的器具和烹茶的小炉灶。

◎ 画眉：指汉张敞为妻子画眉之事，喻夫妻和美。

◎ 芙蓉：指严氏故乡无锡的芙蓉湖（在无锡西北，又名射贵湖、无锡湖）。

迎春风

词译

桥边垂钓，五湖泛舟，纵情山水自得陶然之趣；寄情笔墨，烹茶品茗，身无旁骛平添从容之乐。想那矮墙内银杏在雨中摇曳，高阁上玉兰在风中弥香，人生的恬淡、志趣的高远皆尽于此。更得佳人相伴，笔墨闲情之外平添画眉之乐，怎能不让人心神向往？

浣溪沙

欲寄愁心朔雁边◎，
西风浊酒惨离颜◎。
黄花时节碧云天。
古戍烽烟迷斥堠◎，
夕阳村落解鞍鞯◎。
不知征战几人还。

注

◎ “欲寄”句：李白《闻王昌龄左迁龙标遥有此寄》诗：“我寄愁心与明月，随风直到夜郎西。”朔雁，边地之雁。

◎ 惨离颜：离别时忧愁凄苦之形貌。

◎ “古戍”句：古戍，古时戍守之处。烽烟，古时边防报警的烽火。斥堠，侦察的人。

◎ 解鞍鞯：卸去行装以驻扎安营。

词译

将我对你的一片真心托付远飞的边地之雁，在话别的筵宴上举浊酒一杯，为君饯行。彼此脸上挂着难舍的凄苦，哽咽的话语淹没在瑟瑟秋风中，此地一别，前途茫茫，不知何时再见。自古边塞的烽烟迷离士卒守望的眼睛，在残阳荒地草草歇息，不知有几人能平安归来。

秋野

浣溪沙

败叶填溪水已冰，
夕阳犹照短长亭◎。
何年废寺失题名◎。
倚马客临碑上字，
斗鸡人◎拨佛前灯，
净消尘土礼金经。

注

◎ 短长亭：因各亭之间的距离长短不一，故有“长亭”“短亭”之说。亭，古时设在路旁供行人休息的亭舍。
◎ 失题名：已荒废之古寺，其寺名亦不可知了。
◎ 斗鸡人：指贵族子弟。

词译

暮秋凋零的落叶填塞住潺潺溪水，冰冷彻骨，几缕残阳仍眷恋地斜照在空寂无人的驿路亭舍上。那荒废的古刹早已被人们渐渐忘记，唯有偶然初至的过客好奇地端详、辨认着残碑上的刻字。昨日繁华不再，沦落人常倚孤灯，红尘似梦，到头来还不是一切成空。

霜天晓角

重来对酒，
折尽风前柳。
若问看花情绪，
似当日、怎能彀。
休为西风瘦，
痛饮频搔首。
自古青蝇白璧，
天已早、安排就。

注

◎ **彀**：同“够”。
◎ **搔首**：以手搔头，人焦急或有所思的情态。
◎ **青蝇白璧**：喻小人谗谤好人，污其青白。青蝇，苍蝇。白璧，白玉。

词译

几欲举杯，对酒无言，折尽风中摇曳的柳条也数不尽那浓浓的离情别绪。遥忆当年花前把酒、壮志酬筹，何等快意。还是莫要提那些空虚如幻的陈情旧事了，趁良辰未尽，再多饮一杯消愁的美酒。自古英雄多壮志难酬，是非成败上天早已为我们安排妥当了。

江湖十月任秋风

菩萨蛮

隔花才歇廉纤雨◎，
一声弹指浑无语。
梁燕自双归，
长条脉脉垂。
小屏山色远◎，
妆薄铅华◎浅。
独自立瑶阶◎，
透寒金缕鞋◎。

注

◎ 廉纤雨：绵绵细雨。
◎ “小屏”句：小屏风上绘有远山的图案。
◎ 铅华：铅粉，化妆品。
◎ 瑶阶：石阶的美称。
◎ 金缕鞋：绣有金丝的鞋子。

词译

落寞的花枝外，绵绵的春雨稍稍停歇，美丽的春光稍瞬即逝，孤寂自怜的心几欲难言。梁间的燕子双双相依而归，青青的柳枝也含情脉脉地低垂着，画屏上的水墨山色如同心中那个模糊的人影一般遥不可及。佳人淡妆素抹，独伫瑶阶，禁不住寒意幽幽袭来。

山中多有趣

菩萨蛮

新寒中酒○敲窗雨，
残香细袅○秋情绪。
才道莫伤神，
青衫湿一痕。
无聊成独卧，
弹指韶光过○。
记得别伊时，
桃花柳万丝。

注

◎ **中酒**：醉酒。

◎ **袅**：烟雾萦绕。

◎ **“弹指”句**：美好的时光转瞬即逝。弹指，本为佛家语，这里指极短的时间。

词译

小楼初寒，人似醉非醉，窗外细密的雨点敲打着心迹，残香袅袅，幽幽细诉无尽的愁思。寂寞的人刚刚还在劝慰自己莫要黯然神伤，却又不知不觉间泪湿青衫。心绪无聊，空阁独卧，光阴似弹指一般稍瞬即逝，但仍记得与伊人分别时的桃红柳绿、情丝万缕。

鸣秋

菩萨蛮

朔风吹散三更雪，
倩魂◎犹恋桃花月◎。
梦好莫催醒，
由他好处行。
无端听画角◎，
枕畔红冰◎薄。
塞马一声嘶，
残星拂大旗。

注

◎ **倩魂**：倩娘之魂，化用唐陈玄韦占《离魂记》之故事。

◎ **桃花月**：即桃月。农历二月桃花盛开，故称。此处代指美好的时光。

◎ **画角**：古代乐器。古时军中多用以警昏晓。

◎ **红冰**：五代王仁裕《开元天宝遗事》“红冰”条载：“杨贵妃初承恩召，与父母相别，泣涕登车。时天寒，泪结为红冰。”

词译

强劲的北风吹散了三更雪，却吹不散离人对所爱之人思慕眷恋之情。别打扰我，让我沉浸在春光明媚、其乐融融的归家甜梦中不要醒来。塞上突如其来的画角声却将人惊醒，梦中喜极而泣的泪水在枕边已冻结成冰，战马嘶鸣，星光寂寥，猎猎而动的大旗上流动着一抹生冷的光。

菩萨蛮

问君何事轻离别，
一年能几团圆月。
杨柳乍如丝，
故园春尽时。
春归归不得，
两桨松花隔。
旧事逐寒潮，
啼鹃恨未消。

注

◎ 松花：松花江。

◎ 啼鹃：传说蜀王杜宇失位后魂化为子规鸟（即杜鹃），啼声哀苦。此鸟“规”字与“归”谐音，故后人以此鸟鸣作为思归之声，表达思归之意。

词译

问你为何轻视离别，这种两情团圆的日子一年又能有几回呢？北地河畔的柳条一夜间细长如丝，满园的春色也悄然步入落寞之时。期盼归家的心却难以抚慰，一水相隔，却难以相拥，这浩浩的相思犹如江水波澜起伏，载着我思归的心伤低怨不已，不能平静。

聆风

菩萨蛮

宿滦河◎

玉绳◎斜转疑清晓，
凄凄月白渔阳◎道。
星影漾寒沙，
微茫织浪花。
金笳◎鸣故垒◎，
唤起人难睡。
无数紫鸳鸯，
共嫌今夜凉。

注

◎ 滦河：在今河北省东北部。
◎ 玉绳：星名，指北斗七星中玉衡之北二星。
◎ 渔阳：古县名，在今北京密云区西南。滦河、渔阳均为词人自北京前往山海关所经之地。
◎ 金笳：古代铜制的管乐器。
◎ 故垒：古时军营四周所筑的墙壁。

词译

苍穹中的北斗七星斜斜地倾转，将晓的寒天上月色凄迷，渔阳道上一片寒白。点点繁星好似漫天浸水的寒沙，在薄雾中吐露着清冷的微光，宛若浪花片片。边塞上空金笳声高亢悠远，催人辗转难眠，鸳梦难圆，只道是今夜月冷天凉。

秋实

菩萨蛮

白日惊飙◎冬已半，
解鞍正值昏鸦乱。
冰合◎大河流，
茫茫一片愁。
烧痕◎空极望，
鼓角高城上。
明日近长安◎，
客心愁未阑。

注

◎ 惊飙：狂风。
◎ 冰合：冰冻。
◎ 烧痕：野火烧过的痕迹。
◎ 长安：此处借指京城。

词译

惨白的冬日下，狂风怒卷，停下来解鞍休息，看那远方沉沉的暮色间鸦影重重。昔日滔滔奔涌的黄河久已冰封，苍茫的大地上无声无息，满目萧索。野火烧过的痕迹斑斑点点，极目而望，远方城阙鼓楼上人影渐丰，明日就要抵达京城了，但惆怅的心仍不能平静。

菩萨蛮

黄云紫塞，三千里，
女墙，西畔啼乌起。
落日万山寒，
萧萧，猎马还。
笳声听不得，
入夜空城黑。
秋梦不归家，
残灯落碎花。

注

- 黄云紫塞：这里指北方的边塞。黄云，北方边地多沙尘，故其云称黄云。紫塞，长城。
- 女墙：城墙上呈凸凹状的短墙。
- 萧萧：马嘶声。
- 落碎花：灯花掉落。

词译

黄河之畔的西北边塞之地，距京师有数千里之遥，城郭墙外的风声嘶吼，乌云迫近，萧萧群山间夕阳西下，渐归凄冷的山谷里猎马飞驰而来。不敢倾听那苍凉的胡笳声，入夜的孤城漆黑、死静，让人心生惧意。归家的梦辗转难成，只有细数着残灯上的光点熬过漫漫长夜。

凝

菩萨蛮

寄梁汾苕中◎

知君此际情萧索，
黄芦苦竹孤舟泊。
烟白酒旗青，
水村鱼市晴。
柁楼◎今夕梦，
脉脉春寒送。
直过画眉桥◎，
钱塘江上潮。

注

◎ 苕中：浙江湖州有苕溪，故称湖州一带为“苕中”。

◎ 柁楼：船尾舵工操舵的小楼，此谓船中居宿。

◎ 画眉桥：顾贞观《踏莎美人》词：“双鱼好托夜来潮，此信拆看，应傍画眉桥。”

词译

在长途跋涉的归途上，相信君必然是心情萧索，满腔凄凉、愁苦伴着孤舟泛江而行。沿岸却是满眼的烟白旗青，水村鱼市，一派繁闹祥和的景象。夜宿柁楼，今夕一梦，脉脉春寒为君送行。想那苦旅的终点是合家团聚、琴瑟和鸣的乐土。人生浩渺，寻到归宿的你在那里大可看尽钱塘江上的潮涨潮落、春去秋来。

仙客来

菩萨蛮

萧萧几叶风兼雨，
离人偏识长更◎苦。
攲◎枕数秋天，
蟾蜍下早弦◎。
夜寒惊被薄，
泪与灯花落。
无处不伤心，
轻尘在玉琴。

注

◎ 长更：指长夜。
◎ 攲(qī)：依，倚。
◎ “蟾蜍”句：月亮已过了上弦，渐渐地圆了。蟾蜍，代指月亮。早弦，即上弦。

词译

萧萧风雨吹打着屋外的秋林残叶，远离家乡的人更深懂漫漫长夜、孤枕难眠的凄苦。斜靠着枕头，数算着苍穹上的残月逐渐变圆，归家的日子却遥遥无期。深秋的寒意打透了薄薄的被褥，独对孤灯，黯然泪下，四下涌来的悲伤如琴弦上的轻尘，避无所避，枯涩难鸣。

逐芳

菩萨蛮

为春憔悴留春住，
那禁半霎催归雨。
深巷卖樱桃，
雨余红更娇。
黄昏清泪阁，
忍便花飘泊。
消得一声莺，
东风三月情。

注

◎ 雨余：雨后。
◎ 阁：含着。
◎ 忍：岂忍。
◎ 消得：经受得。

词译

春天将逝，伤春的人满心憔悴，多希望春天能留得更长一些，这柔软的心哪经得住风雨的催促。街巷商贩售卖的红樱桃在细雨的滋润下更显娇嫩。不忍心看那春天的花瓣在风雨中凌乱凋去，刚刚泪影婆娑，忽闻一声黄莺的啼声划过，惜春之情又油然而生。

菩萨蛮

晶帘一片伤心白，
云鬟香雾成遥隔。
无语问添衣，
桐阴月已西。
西风鸣络纬，
不许愁人睡。
只是去年秋，
如何泪欲流。

注

◎ 云鬟香雾：头发乌黑如云，香气似雾浓。此处代指所爱所思的女子。

◎ 络纬：即莎鸡，俗称纺织娘。

词译

在月光的映衬下，水晶帘看上去一片莹白，珠帘那头她的云鬟香气如此遥远。天气转凉，也无法问她要不要加衣裳，眼看着月已西沉，夜色已深。恼人的西风伴着虫鸣让人难以入睡，更添旧愁新怨，还仅仅是去年秋天的光景，幽怨就已积得如此之深，一想起那情那景，眼泪就盈盈欲坠。

秋声

菩萨蛮

乌丝◎画作回纹纸，
香煤暗蚀藏头字◎。
筝雁十三双◎，
输他作一行◎。
相看仍似客，
但道休相忆。
索性不还家，
落残红杏花。

注

◎ 乌丝：指有墨线格子的笺纸。
◎ “香煤”句：谱中每句的头字被墨涂掉了。
◎ “筝雁”句：古筝上有十三根弦，每根弦两头各有一柱，斜着排列如雁行，故称。
◎ “输他”句：指人是孤单的，不如筝柱成双。

词译

展开妻子寄来以回环方式书写的锦书，她刻意蚀去了藏头诗的第一个字，勾起我们曾经文字嬉戏的思念之情。古筝上十三根弦的筝柱斜列如雁阵，齐整的一行让人无心弹拨。她说，既然彼此相看如客，就别再徒费相思，索性就漂泊在外，让满树的红杏花都凋落干净吧！

欲坠

菩萨蛮

阑风伏雨催寒食◎，
樱桃一夜花狼藉。
刚与病相宜，
琐窗◎薰绣衣。
画眉烦女伴，
央及◎流莺唤。
半饷试开奁◎，
娇多直自嫌◎。

注

◎ “阑风”句：寒食节至，风雨连绵不断。
◎ 琐窗：雕刻有连锁花纹的窗。
◎ 央及：请求。
◎ 奁(lián)：古代女子梳妆用的镜匣。
◎ 直自嫌：只是自己对自己不满。

词译

寒食节至，风雨连绵不绝，一夜间满树的樱桃花落艳残红，一地狼藉。久病初愈的佳人急急在雕满花纹的窗棂内，置炉熏衣，以驱除寒气。唤来女伴帮忙梳洗打扮，就连树上的黄莺也在窗外啼啭。半晌才打开梳妆的镜匣，自嫌容颜衰去、屡遮难掩。

菩萨蛮

梦回酒醒三通鼓，
断肠啼鴂。花飞处。
新恨隔红窗，
罗衫泪几行。
相思何处说，
空有当时月。
月也异当时，
团圞照鬓丝。

注

◎ 啼鴂(jué)：杜鹃啼鸣。相传此鸟为蜀主望帝魂化，春末夏初时啼叫，其声惹人生悲。

◎ **团圞**：指明亮的圆月。

词译

夜半三更之时酒醒梦回，意兴阑珊，耳畔偏偏忽至鹈鴂的悲啼之声，更让伤情益增、愁心愈重。红窗外花儿凋谢，对月伤情，这绵绵不绝的旧愁新恨涌上心头，徒令人清泪涟涟、濺湿罗衫。满心的相思无处可寄，枉有当时明月，曾经的对影双双，如今却孤身一人。

忘忧

菩萨蛮

为陈其年题照。

乌丝曲，倩红儿谱，
萧然半壁惊秋雨。
曲罢髻鬟偏，
风姿真可怜。
须髯浑似戟，
时作簪花剧。
背立讶卿卿，
知卿无那情。

注

◎ 为陈其年题照：为陈其年在画像上题词。陈其年，即作者好友、清代著名词人陈维崧。
◎ 乌丝曲：指陈其年的《乌丝词》。
◎ “须髯”句：陈维崧多须髯，人称陈髯。
◎ 卿卿：男女之间彼此亲昵的称呼。
◎ 无那(nuò)情：无法控制感情。

词译

当年的《乌丝词》如今咏唱在歌女的口中，清冷的四壁间忽然乐声陡起，如漫天秋雨声洞彻心扉。那吹箫的女子一曲刚罢，发髻低垂，妩媚的风姿让人无限怜爱。你须髯浑似钩戟，常佩鲜花赏玩，留给你一个背影，是不让你将我惊为天人，更怕你无法控制自己的感情。

莲腮雨退红

减字木兰花

新月

晚妆欲罢，
更把纤眉临镜画。
准待◎分明，
和雨和烟两不胜◎。
莫教星替◎，
守取团圆终必遂。
此夜红楼◎，
天上人间一样愁。

注

◎ 准待：打算等待。
◎ “和雨”句：化自宋杜安世《行香子》词：“寒食下，半和雨，半和烟。”
◎ 莫教星替：典出李商隐《李夫人三首》诗：“惭愧白茅人，月没教星替。”
◎ 红楼：华美的楼阁，指富家小姐的住处。

词译

佳人晚装梳罢，又手执画笔对着镜子细细勾勒纤纤柳眉，就像那窗外的一弯新月。那新月委身在烟雨之间辨不清姿色，不知何时能守得云开雾散之时。勿因星光的灿烂而放弃朦胧的月色，坚守信念一定可以等到月朗星稀的皓月之夜。那一天，红楼之上，再诉天上人间的无尽哀愁。

减字木兰花

烛花摇影，
冷透疏衾◎刚欲醒。
待不思量，
不许孤眠不断肠。
茫茫碧落◎，
天上人间情一诺◎。
银汉难通，
稳耐风波◎愿始从。

注

◎ 疏衾：掩被孤眠而感到空疏冷寂。

◎ 碧落：青天、天空。

◎ 一诺：《史记·季布栾布列传》：“楚人谚曰：‘得黄金百斤，不如季布一诺’。”此指誓约。

◎ 稳耐风波：忍受患难。

词译

在浸满凉意的夜里独自醒来，眼前烛花摇影，寥落而感伤。对你的思念虽不是朝朝暮暮，但也时刻未曾忘却，我不断地告诫自己不要太过伤心，不要多想。你远在茫茫天宇，遥不可及，但你我的誓约仍如季布之诺，金石难摧。即便是银河相隔，走过患难的我们仍执手相行。

初夏

减字木兰花

从教铁石，
每见花开成惜惜。
泪点难消，
滴损苍烟玉一条。
怜伊太冷，
添个纸窗疏竹影。
记取相思，
环佩归来月上时。

注

◎ 从教铁石：任凭铁石心肠。
◎ 惜惜：可惜、怜惜。
◎ 玉一条：指梅树。
◎ 环佩：代指所思恋之人。化用姜夔《疏影》诗："想佩环月夜归来，化作此花幽独。"

词译

纵然是铁石心肠之人，每次见到这晶莹如玉、花开姣姣的梅花，也总会流露出依依怜惜之情。那朦胧的月色下，斑竹沥沥，宛如玉条上溅湿的点点泪迹。担心你在那里太过清冷，我特意加种了竹林围护相伴，梅花的花魂苏醒，她特于今夜月上时归来与人共赴幽约。

秘境

减字木兰花

断魂无据◎，万水千山何处去？
没个音书，尽日东风上绿除◎。
故园春好，寄语落花须自扫。
莫更伤春，同是恹恹◎多病人。

注

◎ 断魂无据：忧伤的梦魂无所依凭。

◎ 绿除：长满绿草的台阶。

◎ 恹恹：形容精神萎靡的样子。王实甫《西厢记》：“恹恹瘦损，早是伤神，那值残春。”

词译

即便是飞渡万水千山，忧伤的梦魂也无所依凭。春日绚烂，徐徐东风吹绿了满阶的芳草，也无法将相思的书信传给良人。既然春色美好，就将一腔的心思寄给落花吧！不要再为春色、离人黯然神伤，身心俱疲反而辜负了这大好的时光，更平添你我长长的牵念。

减字木兰花

花丛冷眼，
自惜寻春来较晚。
知道今生，
知道今生那见卿。
天然绝代，
不信相思浑不解◎。
若解相思，
定与韩凭◎共一枝。

注

◎ 浑不解：犹言全不解。

◎ 韩凭：又作韩朋、韩冯等。李冗《独异志》："宋康王以韩朋妻美而夺之，使朋筑青陵台，然后杀之。其妻请临丧，遂投身而死。"后人以此故事用于男女相爱，生死不渝之情事。

词译

因为你，冷眼看花，常叹你我擦身而过，却无缘相守。今生相遇，却难再相遇，让人无尽感伤。你的天生丽质、冰雪聪明，一定会理解我这种相思的苦楚。也许有朝一日从这相思中得以解脱，一定会重演韩凭夫妇生死不渝、相伴而终的爱情悲剧。

芳华

卜算子 塞梦

塞草晚才青，
日落箫笳◎动。
慽慽◎凄凄入夜分，
催度星前梦。
小语绿杨烟，
怯踏银河冻◎。
行尽关山到白狼◎，
相见惟珍重。

注

◎ **箫笳**：管乐器名。
◎ **慽慽**：悲伤貌。
◎ **银河冻**：此处谓河水已结冰。
◎ **白狼**：即白狼河，今辽宁省之大凌河。

词译

天色欲晚，塞草青青，箫笳在落日映照的黄昏里，悲声阵阵。入夜的心绪清清冷冷、悲悲切切，催促妻子的梦魂加快赶赴边塞的脚步。她唯恐踏碎银河的薄冰、错过团聚的路，循着绿柳寒烟来到我的身边，细语低喃。历尽艰辛，寻遍关山，相见时却只道了一句珍重。

静待

采桑子

彤霞久绝飞琼字，
人在谁边。
人在谁边，
今夜玉清眠不眠。
香消被冷残灯灭，
静数秋天。
静数秋天，
又误心期到下弦。

注

◎ 飞琼：指仙女许飞琼。传说她是西王母身边的侍女，后泛指仙女。这里代指所思念的人。

◎ 玉清：仙女名。这里代指所思念的人。

◎ 心期：心愿。

词译

许久没有收到佳人从仙家天府寄来的书信了，她现在在哪里呢？在做什么呢？今夜她也像我一样彻夜难眠吗？清冷的房间里，拥着冰冷的被，无心去点起那熄灭的灯烛来温暖自己，只是静静地数着孤冷的日子，月圆转缺，才恍然惊觉又错过了相约的佳期。

承露

采桑子

谁翻◎乐府凄凉曲，
风也萧萧。
雨也萧萧，
瘦尽灯花又一宵。
不知何事萦怀抱◎，
醒也无聊。
醉也无聊，
梦也何曾到谢桥◎。

注

◎ 翻：本来是指演奏，但“乐府”是指可以歌唱的歌曲，所以此“翻”应理解为歌唱。

◎ 萦怀抱：缠绕在心中。

◎ 谢桥：谢娘桥。诗词中每以此桥代指冶游之地，或指与情人欢会之地。纳兰反用其意，即在梦中追求的欢乐也完全幻灭了。

词译

是谁，在静夜里幽幽吟唱着凄切、悲凉的旧曲？那曲调歌声附和着萧萧的风雨声，让晦暗如豆的灯花也恍然憔悴了许多，又是一个难眠之夜。几缕愁情密密匝匝地缠绕在心中，说不清，理还乱，或醒或醉，这无绪的惆怅无力挣脱。何时才能纵身入梦，在谢桥上与苦思的她相见呢？

采桑子

严霜拥絮频惊起，
扑面霜空。
斜汉朦胧。
冷逼毡帷火不红。
香篝翠被浑闲事，
回首西风。
何处疏钟，
一穗灯花似梦中。

注

◎ 斜汉：秋天的天河斜向西南，故称斜汉。
◎ 香篝：熏笼。古代室内焚香所用之器。
◎ 疏钟：稀疏的钟声。
◎ 穗：谷物等结的穗，这里指灯花。

词译

冰冷彻骨的寒霜冻结住身上紧裹的絮被，四面聚起的冷意将人几次三番地惊起。星河斜落，寒气朦胧，重重压迫得毡帐里的炉火也红不起来。曾经家中习以为常的熏笼焚香、嘘寒问暖，如今却都遥不可及。晨钟稀落，那一点透着微微暖意的灯花将人拖入梦中。

醉花间

采桑子

冷香◎萦遍红桥◎梦，
梦觉城笳。
月上桃花，
雨歇春寒燕子家。
箜篌◎别后谁能鼓，
肠断天涯。
暗损韶华◎，
一缕茶烟透碧纱。

注

◎ 冷香：清香之花气。
◎ 红桥：此处指一般的赤栏桥。
◎ 箜篌：古代一种类似琵琶的弹拨乐器。
◎ 韶华：美好的年华。

词译

清冷的花香浸透红桥上多情人的旧梦，风停雨歇，一地残落的桃花润染着如水的月色，城楼上笳声隐隐传来，帘栊间燕子静静地栖息。一别之后，箜篌空悬，等不到再能弹奏的人，不禁黯然神伤。青春匆匆逝去，一缕苦涩的茶烟钻透碧纱，那是你散不去的思念吗？

小园香径

采桑子

凉生露气湘弦◎润，
暗滴花梢。
帘影谁摇，
燕蹴◎风丝上柳条。
舞鹍◎镜匣开频掩，
檀粉慵调◎。
朝泪如潮，
昨夜香衾◎觉梦遥。

注

◎ 湘弦：琴瑟之弦，这里代指琴瑟。
◎ 蹴(cù)：踏，逐。
◎ 舞鹍(kūn)：镜背镌刻的装饰。
◎ 檀粉慵调：懒得匀调香粉。檀粉，浅红色的脂粉。
◎ 香衾(qīn)：被子。

词译

晨起凉生，湿寒的露气浸润了琴瑟，悄然凝结、聚起、滴落在花梢上。轻灵的燕子掠过柳枝柔美的发丝，带动帘影微微晃动。她对镜理妆，望着形单影只、日渐憔悴的面庞，几欲作罢，几欲遮掩。一朝梦醒即泪涌如潮，想那昨夜香衾的温暖依旧，但佳梦再也遥不可寻了。

采桑子

土花曾染湘娥黛，
铅泪难消。
清韵谁敲，
不是犀椎是凤翘。
只应长伴端溪紫，
割取秋潮。
鹦鹉偷教，
方响前头见玉箫。

注

◎ “土花”句：土花，器物因受泥土侵蚀而留下的锈迹斑点。湘娥，舜的妃子女英、娥皇。
◎ 铅泪：泪水。这里也指湘妃竹上的斑渍。
◎ “不是”句：犀椎，用犀牛角制成的小槌，为打击乐器。凤翘，形状像凤凰的首饰。
◎ 端溪紫：即端砚。
◎ 方响：打击乐器。

词译

泥土的侵蚀曾将她秀美的眉黛染得斑痕累累，湘妃竹上的斑斑泪迹始终无法抹去。风拂林动，竹林间回荡的清韵声声，是她的凤翘触动了青竹时发出的声响。你本应在书桌侧畔伴我将这满目的秋色剪取、藏进书卷。鹦鹉之言犹在，却只能在思念中拼凑起佳人的笑脸。

憩

采桑子

而今才道当时错，
心绪凄迷。
红泪偷垂，
满眼春风百事非。
情知此后来无计，
强说欢期。
一别如斯，
落尽梨花月又西。

注

◎ 红泪：血泪，美人泪。

◎ “满眼”句：化用宋赵彦端《减字木兰花》词：“满眼春风，不觉黄梅细雨中。”

◎ 无计：无法。

◎ 欢期：佳期，多指男女情事。

词译

时过境迁，才终于体悟到曾经犯下的错，悔难凭，恨难消。徒留佳人红泪黯落，即便满目春色也早已百事皆非。遥忆分别之时，明知不会再有见面的机会，也要强颜欢笑、编织着谎言，约定将来的会面。离别之恨总是如此，似雪的梨花没了生命，月亮也偷偷掩去了脸庞。

浮云

采桑子

明月多情应笑我，
笑我如今。
辜负春心◎，
独自闲行独自吟。
近来怕说当时事，
结遍兰襟◎。
月浅灯深◎，
梦里云归何处寻。

注

◎ 春心：指春日景色引发出的意兴和情怀。

◎ 结遍兰襟：情分深切。兰襟，香洁的衣襟，指美女之衣衫，也喻指良友。

◎ 月浅灯深：化用晏几道《清平乐》词：“犹恨那回庭院，依前月浅灯深。”

词译

天上的明月肯定在嘲笑我的多情，笑我如今落得如此下场。辜负了大好的春光与绵绵情意，到头来却只得独身一人落寞地空度年华、唏嘘感叹。一直试图去逃避那些深情厚谊的往事，却又每每想起。夜色阑珊，孤灯晦暗，往事既已随风，又何必总去苦苦追寻呢？

无畏

采桑子

咏春雨

嫩烟分染鹅儿柳◎，
一样风丝◎。
似整如欹，
才着春寒瘦不支。
凉侵晓梦轻蝉腻◎，
约略红肥◎。
不惜葳蕤◎，
碾取名香作地衣。

注

◎ 鹅儿柳：浅黄似雏鹅毛色的嫩柳。
◎ 风丝：风中细柳枝。
◎ 蝉腻：轻盈透明的蝉鬓。腻，滑泽。
◎ 红肥：指花朵因雨水滋润而更加鲜艳。
◎ 葳蕤(wēi ruí)：鲜丽的样子。

词译

如丝的春雨，似暖似冷，如烟如梦，笼罩在嫩黄的柳枝上，宛若拂动的游丝。雨随风摆，时直时斜，纤弱的柳枝在薄薄的春寒中娇瘦不支。晓梦初醒，春雨的凉意浸湿她轻柔的蝉鬓，显得越发鲜艳妩媚，却任凭无情的春雨摧残，化作残香落红，细碎地铺陈一地。

好事近

马首望青山，零落繁华如此。再向断烟衰草，认藓碑题字。
休寻折戟话当年，只洒悲秋泪。斜日十三陵下，过新丰猎骑。

注

◎ “认藓碑”句：可辨认出长满苔藓的古碑上的题字。藓，苔藓。

◎ 十三陵：明代的十三座皇陵，在今北京市昌平区天寿山一带。

◎ 新丰：地名，在今陕西临潼东北，汉初刘邦建国后，迁家乡父老居于此。

◎ 猎骑(jì)：打猎者的坐骑，代指猎人。

词译

端坐在马上举目遥望，青山如黛，城市的繁华在原野间杳然断绝了色彩，唯有一片萧索清冷。只有在断烟衰草中苔藓遍布的石碑上，找寻一丝曾经繁华碾过的印迹。切莫提起那些古今兴亡的旧事来徒增秋风肃杀的悲情，狩猎的队伍正踏碎过往，走在明十三陵的夕阳残照里。

西湖春深

好事近

何路向家园，
历历残山剩水。
都把一春冷淡，
到麦秋天气。
料应重发隔年花，
莫问花前事。
纵使东风依旧，
怕红颜不似。

注

◎ 历历：分明可数。

◎ 麦秋天气：农历四五月麦熟时节。

◎ 隔年花：去年之花。

词译

寻不到、辨不清通往家园的小径，满目皆是不胜悲戚的残山剩水。即便是春色旖旎的麦秋天气，也变得清冷无趣，一切都失去了任何色彩。花枝上的芳菲消尽，来年还会芬芳重现，忘掉那些花前月下的往事吧，即便风花依旧，佳人也已经永远不会再依偎在身旁了。

蝶舞春风

一络索 长城

野火拂云微绿，
西风夜哭。
苍茫雁翅列秋空，
忆写向、屏山曲。
山海几经翻覆。
女墙斜矗。
看来费尽祖龙心，
毕竟为、谁家筑？

注

◎ 野火：磷火，即俗称的“鬼火”。

◎ 屏山曲：像山一样曲折的屏风。

◎ 女墙：城墙上呈凸凹形的矮墙。此处指长城。

◎ 祖龙：秦始皇。

词译

漫向天际的塞外荒野上，闪烁着的磷火给低沉的云朵染上一抹淡绿，西风呼啸，宛如战场中的冤魂哀哀恸哭。空旷高远的长空秋日下，大雁列队振翅而上，犹如遁入山一般曲折的画屏之中。山河变幻，长城蜿蜒逶迤，费尽心力的秦始皇为谁修筑了这绵延万里的奇迹呢？

一络索

过尽遥山如画，
短衣○匹马。
萧萧落木不胜秋，
莫回首、斜阳下。
别是柔肠萦挂，
待归才罢。
却愁拥髻向灯前○，
说不尽、离人话。

注

 **短衣**：古代北方少数民族尚骑射，故穿窄袖之衣，称为短衣。

◎ **拥髻向灯前**：典出汉伶玄《飞燕外传》附《伶玄自叙》："通德（伶玄妾）占袖，顾示烛影，以手拥髻，凄然泣下，不胜其悲。"

词译

身着短衣，纵马扬鞭，将那历历如画的青山远远甩在身后，千万不要回头，那夕阳下送别之人站在落木萧萧秋色中的身影让人断肠。只有在等你平安归来后，我柔肠百转的思念之心才能平静。拥着你的发髻，在灯下仔细端详你老去的面庞，将重逢的话语说到天亮。

倚风无语淡生香

清平乐

烟轻雨小，
望里青难了◎。
一缕断虹垂树杪◎，
又是乱山残照。
凭高目断征途，
暮云千里平芜◎。
日夜河流东下，
锦书应托双鱼◎。

注

◎ “望里”句：一眼望去，茫茫青色一片，没有尽头。难了，不尽。
◎ 杪(miǎo)：树梢。
◎ 平芜：指原野。
◎ 双鱼：信使。

词译

烟色轻袅，雨落微醺，青黛色的塞上风光无边无际。一缕断虹垂在树梢，山峦错杂堆叠，又是残阳斜照时候。登高望远，将要踏上的征途被茫茫的暮云隔断，只有草木丛生的旷野迤逦千里。奔流不息的河水日夜东流，快将思君的书信托信使给我捎来吧！

水云乡

雨中花

楼上疏烟楼下路，
正招余、绿杨深处。
奈卷地西风，
惊回残梦，几点打窗雨。
夜深雁掠东檐去，
赤憎◎是、断魂砧杵。
算酌酒忘忧，
梦阑酒醒，梦思知何许◎。

注

◎ 赤憎：可恨、可厌之意。
◎ 何许：怎样、如何。

词译

楼外朦胧的烟雨遮蔽了楼下寂寞的小路，迷离的杨柳深处，一个淡淡的身影正挥手召唤着我。西风夜雨惊醒了浅梦的人，窗外稀疏的雨点正低低地敲打着窗棂。鸿雁飞远，寒砧上的捣衣声幽怨地钻入耳朵，触痛心扉。借酒浇愁，却发现酒醒梦尽时，重重思念仍让人窒息。

沾露

清平乐

凄凄切切，
惨淡黄花节◎。
梦里砧声◎浑未歇，
那更乱蛩◎悲咽。
尘生燕子空楼，
抛残弦索◎床头。
一样晓风残月，
而今触绪◎添愁。

注

◎ 黄花节：重阳节。黄花，菊花。
◎ 砧声：捣衣声。
◎ 蛩(qióng)：蟋蟀。
◎ 弦索：弦乐器之弦，代指弦乐器，如琵琶等。
◎ 触绪：触动了心绪。

词译

在这个清冷的重阳佳节，孤苦非常。睡梦中隐隐约约听闻寒砧上的捣衣之声，一刻不曾停歇，偏偏又有墙边蟋蟀悲咽的鸣叫相和，乱人心绪。她曾居住的小楼如今已空置许久，床头的琴弦寒尘蒙蔽、难续佳音。一样的晓风残月，如今看来无非是平添愁绪的布景罢了。

清平乐

忆梁汾◎

才听夜雨，
便觉秋如许。
绕砌蛩螿◎人不语，
有梦转愁无据◎。
乱山千叠横江，
忆君游倦◎何方。
知否小窗红烛。
照人此夜凄凉。

注

◎ 梁汾：即作者挚友顾贞观。
◎ 蛩螿(qióng jiāng)：蟋蟀和蝉的声音。
◎ 无据：不可靠、不足凭。
◎ 游倦：倦于游宦，谓仕宦不如意而漂泊潦倒。

词译

遥听夜雨初歇，忽觉秋天原来是这样的啊，如此迫近。秋蛩之低吟与寒蝉之哀嘶连成一片，孤单的人却默然无声。在梦中徒劳寻觅你的影子，却总是茫然成空。我们之间远隔着乱山千仞、寒江万里，四海漂泊的你如今倦游在何处呢？只有落寞的烛火闪烁不已，如同我守望着你的眼，在无眠的夜里对你幽幽地诉说。

任薰风

清平乐

塞鸿去矣，
锦字何时寄。
记得灯前佯忍泪，
却问明朝行未。
别来几度如珪，
飘零落叶成堆。
一种晓寒残梦，
凄凉毕竟因谁。

注

◎ 塞鸿：边塞的雁。

◎ 锦字：书信。

◎ “记得”句：化用韦庄《女冠子》词：“别君时，忍泪佯低面，含羞半敛眉。”

◎ 珪(guī)：本为美玉，这里喻缺月。

词译

望着塞外的大雁振翅南飞，你的书信什么时候才能送达呢？记得分别时，你在灯前忍住眼泪，小心翼翼地问，明天真的就要走了吗？时光似箭，月亮圆了又缺，飘零的落叶如同思念久聚成堆，空守着无数个晓寒残梦，心中的孤苦与悲凉只有你才能懂得。

九秋风露

谒金门

风丝袅，
水浸碧天清晓。
一镜湿云◎青未了，
雨晴春草草◎。
梦里轻螺◎谁扫，
帘外落花红小。
独睡起来情悄悄◎，
寄愁何处好。

注

◎ 一镜湿云：指倒映在水面的云。

◎ 草草：匆促。化用宋张炎《采桑子》词："客里看春多草草。"

◎ 轻螺：细眉。螺，即黛螺，一种青黑色颜料，可用来画眉，因此作为女子眉毛的代称。

◎ 悄悄：忧愁貌。

词译

如丝般的柳枝在清风中拂动，清晓时分，碧空如洗，湖水中倒映的云朵被雨水滋润，宛若一望无垠的春草在雨后青色连绵、漫向天际。记得在梦中曾为你勾画眉弯，那帘外的落花如同你的樱唇般娇艳，如今独自醒来，按捺不住的情丝如草幽生，却又不知何处能寄？

清平乐

孤花片叶，
断送清秋节。
寂寂绣屏香篆灭，
暗里朱颜消歇。
谁怜散髻吹笙，
天涯芳草关情。
懊恼隔帘幽梦，
半床花月纵横。

注

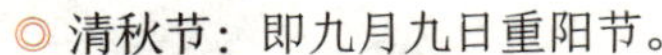

◎ 清秋节：即九月九日重阳节。
◎ 香篆：篆香，形似篆文的香。
◎ “暗里”句：化用李白《寄远》诗：“坐思行叹成楚越，春风玉颜畏消歇。”
◎ 关情：动情、牵惹情怀。

词译

寥落的几片残叶上，一朵孤菊孑然而立，让这美好的重阳佳节变得毫无生趣。寂寂的闺房里，绣屏清冷，篆香早灭，她黯然独守，秀美的容颜尽显憔悴。连纵身天涯的芳草也牵人怜意，谁会怜惜她对影吹笙。幽梦难凭，唯有对着半床纵横交错的月下花影落泪不止。

庭院秋色

清平乐

弹琴峡◎题壁

泠泠◎彻夜，
谁是知音者。
如梦前朝何处也，
一曲边愁难写。
极天关塞云中◎，
人随落雁西风。
唤取红襟翠袖◎，
莫教泪洒英雄。

注

◎ 弹琴峡：据《大清一统志·顺天府》：“弹琴峡，在昌平州西北居庸关内，两山相峙，水流石罅，声若弹琴。”

◎ 泠(líng)泠：形容水流声清脆。

◎ “极天”句：居庸关的形势极其险要。

◎ 红襟翠袖：指歌女。

词译

清越婉转的流水声彻夜响动，又有谁才是听它、懂它、怜它的知音呢？前朝如梦，已寻不到丝毫踪迹，日夜弹奏的边愁也变得晦涩难懂。这险峻的边塞之地，极天凌云，人宛若西风中的落雁，心向家园。悲伤之景让人伤怀，只好唤来歌女消愁，不要让英雄轻易落下热泪。

忆秦娥

长飘泊，
多愁多病心情恶。
心情恶。
模糊一片，强分哀乐◎。
拟将欢笑排离索◎，
镜中无奈颜非昨。
颜非昨。
才华尚浅，因何福薄。

注

◎ 哀乐：偏义复词，偏于乐。
◎ 离索：指离群索居之寂寞。

词译

长年累月，如风抛残絮般漂泊在大江南北，愁生如蒿，身心每况愈下。所谓的哀与乐，模糊一片，即便是面泛笑意，也仅是随人强作乐态而已。总是希望能假借欢笑排遣掉独居的寂寞与烦闷，对镜却发现早已容颜老去，不复当年。既非才华盖世之辈，为何又偏偏福缘浅薄呢？

醉桃源

斜风细雨正霏霏◎。
画帘拖地垂。
屏山◎几曲篆香微。
闲亭柳絮飞。
新绿密，乱红稀。
乳莺残日啼。
余寒欲透缕金衣◎。
落花郎未归。

注

◎ 霏霏：雨雪纷飞的样子。
◎ 屏山：绘有山的屏风。
◎ 缕金衣：饰有金丝的衣服。

词译

如丝的细雨在斜风中凌乱、飘洒，画帘垂地，屏风上曲折的山峦挡住袅袅篆香，寂静的小亭外柳絮纷飞。春雨初霁，绿叶由于雨水的滋润渐转葳蕤；花朵在雨水的敲打之下，已是落红阵阵，顿显稀疏。黄昏时乳莺的叫声透雨而来，心中泛起涟涟的寂寞与寒意。

画堂春

一生一代一双人，
争教两处销魂。
相思相望不相亲，
天为谁春。
浆向蓝桥◎易乞，
药成碧海难奔◎。
若容相访饮牛津◎，
相对忘贫。

注

◎ 蓝桥：在陕西蓝田县东南蓝溪上，传说此处有仙窟，为裴航遇仙女云英处。

◎ “药成”句：反用嫦娥偷吃西王母之灵药奔月宫的故事，意思是纵有深情却难以相见。

◎ 饮牛津：指传说中的天河边，此处借指与恋人幽会处。

词译

明明是天造地设的一双人，却偏要分离两处，各自销魂神伤、相思相望，这满目的春色又是为谁而勾画的呢？蓝桥之遇、相识之缘对于我并非什么难事，怎奈纵有深情却难再相见，真期待有朝一日能抛却世俗名利，纵然贫寒到骨，也要在天河之滨相守白头。

守望

眼儿媚

重见星娥碧海查，
忍笑却盘鸦。
寻常多少，月明风细，
今夜偏佳。
休笼彩笔闲书字，
街鼓已三挝。
烟丝欲袅，露光微泫，
春在桃花。

注

- ◎ 查：同“槎”，木筏。
- ◎ 盘鸦：妇女发髻的名称。
- ◎ 笼：通“拢”，握、拈之意。
- ◎ 挝(zhuā)：敲打。
- ◎ 微泫：本指水微微下滴流动之貌，此处是形容爱妻的脸光彩照人。

词译

久别重逢，欲见她就如同乘碧海槎去天河幽会织女般暗自欣喜。她却忍住欢笑，梳绕着乌黑的发髻，妩媚动人。往日多少个月明风清的夜晚，也没有今夜这般甜蜜醉人。不再拈笔作字，纵是夜色已深，仍喜不自持。袅袅沉香中，她秋波盈盈、光彩照人，像春天里的桃花般悄悄绽放。

朝中措

蜀弦秦柱◎不关情，
尽日掩云屏。
已惜轻翎退粉◎，
更嫌弱絮为萍。
东风多事，
余寒吹散，烘暖微醒◎。
看尽一帘红雨，
为谁亲系花铃◎。

注

◎ 蜀弦秦柱：指筝瑟。

◎ 轻翎退粉：蝶翅上的粉退去。退粉，宋罗大经《鹤林玉露》载：“杨东山言《道藏经》云：蝶交则粉退，蜂交则黄退。”

◎ 烘暖微醒：东风和煦，暖意融融，令人陶醉。

◎ 花铃：为防鸟雀伤花而系在花上的护花铃。

词译

春日寂寂，百无聊赖，纵有筝瑟合鸣的天籁之音也难以让人动情，唯有掩上云母屏风，终日独自忧伤。怜惜那退粉的蝶翅，更不忍看柔絮四海飘零。只懊恼那多事的东风带走了明媚的春光，尽管它驱寒送暖，却偏偏又摧残花落，徒生感伤，那满枝的花铃又有何用呢？

掇英

摊破浣溪沙◎

林下荒苔道韫◎家，生◎怜玉骨委尘沙◎。愁向风前无处说，数归鸦。

半世浮萍随逝水，一宵冷雨葬名花。魂似柳绵吹欲碎，绕天涯。

注

◎ 摊破浣溪沙：亦作“山花子”。

◎ 道韫：东晋王凝之的妻子谢道韫，她很有文才。此处代指亡妻卢氏。

◎ 生：甚、非常。

◎ 玉骨委尘沙：指亡妻掩埋在坟墓中。

词译

曾经的才女风流在荒苔下叹息着旧事，历久弥新，她冰洁的魂骨却早已如雪似絮般委身尘沙。佳人已逝，无尽的愁怨也仅能付诸风中。我半生的命运如同浮萍追随着流水，你倾国的花容却尽毁于一宵冷雨中。无根的幽魂与哀怨似柳絮般被疾风撕碎，海角天涯才是你的家。

摊破浣溪沙

风絮飘残已化萍，
泥莲刚倩藕丝萦。
珍重别拈香一瓣，
记前生。
人到情多情转薄，
而今真个悔多情。
又到断肠回首处，
泪偷零。

注

◎“风絮”句：旧说柳絮飘落入水为浮萍。
◎倩：请。
◎一瓣：犹一炷。

词译

飘零的柳絮落入水中即为浮萍，荷塘中的莲花刚刚欲出，仍藕丝遍缠。今生已矣，但求来世，以心香一瓣为记，但愿你我前缘可续、并蒂重开。原以为人留情太多，情字就渐渐淡漠，如今只能悔过当初的多情。转首又来到装满回忆的地方，伤心的泪水还是止不住地黯然流下。

摊破浣溪沙

欲话心情梦已阑，
镜中依约见春山。
方悔从前真草草，
等闲看。
环佩只应归月下，
钿钗何意寄人间。
多少滴残红蜡泪，
几时干。

注

◎ 依约见春山：隐隐约约看到眉毛。

◎ “方悔”句：化用清彭孙遹《卜算子》词：“草草百年身，悔杀从前错。”

◎ 环佩：古人衣带所佩之玉器，后专指女子之妆饰物，这里借指所爱之人。

◎ 钿钗：女子之妆饰物，这里代指已逝爱人的遗物。

词译

刚欲张口梦已醒，对镜相看，隐隐约约辨出她如黛的眉弯。人总在失去后才懂得珍惜，从前的年华虚度在如今看来是如此浅薄。伊人的魂魄归月而去，她的旧时故物为何仍恋恋人间？盈盈的泪光中，红烛啊，这灼痛心扉的泪几时能干？

摊破浣溪沙

一霎灯前醉不醒，
恨如春梦畏分明。
淡月淡云窗外雨，
一声声。
人道情多情转薄，
而今真个不多情。
又听鹧鸪啼遍了，
短长亭。

注

◎ 一霎：一刹那，谓极短的时间。

◎ “恨如”句：怕醉中梦境与现实分明起来。

◎ 一声声：化用温庭筠《更漏子》词：“梧桐树，三更雨，不道离情正苦。一叶叶，一声声，空阶滴到明。”

词译

离愁让人在灯前刹那间沉醉，不愿从梦中清醒去面对伤人的离别，那冷暖悬殊的梦境与现实让人生畏。似梦似醒之间，窗外云月似水般清淡，淅沥的雨声拨弄心弦。人总说情到多时情转薄，而今真的是不能再多情了。遥听那鹧鸪悲鸣，短长亭外的别离之苦就涌上心头。

落花时

夕阳谁唤下楼梯，
一握香荑。
回头忍笑阶前立，
总无语，也依依。
笺书直恁无凭据，
休说相思。
劝伊好向红窗醉，
须莫及，落花时。

注

◎ 香荑（tí）：荑，原为茅草的嫩芽，这里指女子白嫩的手指。

◎ 总：纵然，虽然。

◎ 直恁无凭据：竟然不能凭信。

词译

夕阳被悄悄唤下楼梯，向西坠去。伊人走出闺阁，橘黄的暮色中，她的手指白嫩如荑。她婧婧地倚立在阶前，羞怯地回头微笑，静默无语，嗔怪情人信中相约却如此误期爽约，别再提什么相思之情了。却又说，快快珍视这让人沉醉的美好春光吧，勿待花落空折枝。

锦堂春 秋海棠

帘际。一痕轻绿，
墙阴几簇低花。
夜来微雨西风软，
无力任欹斜。
仿佛个人睡起，
晕红不著铅华。
天寒翠袖添凄楚，
愁近欲栖鸦。

注

◎ 帘际：帘边，即帘幕之外。
◎ 欹(qī)斜：歪斜不整。
◎ 铅华：指脸上搽的粉。
◎ 欲栖鸦：乌鸦欲栖息之时，即指黄昏时候。

词译

帘幕外倏尔划过一抹淡淡的绿痕，那是墙角背阴处几簇海棠花悄然开放。一夜的微雨轻风让她难以承受，歪斜不整地依在那里。她的素颜泛着红晕，宛若刚刚醒来的姣美女子，在冰冷的空气中翠袖微卷，更显得幽香暗送、凄楚动人，挥不去的一脸清愁。

河渎神

凉月转雕阑，
萧萧木叶声乾。
银灯飘落琐窗闲，
枕屏几叠秋山。
朔风吹透青缣被，
药炉火暖初沸。
清漏沉沉无寐，
为伊判得憔悴。

注

◎ 乾(gān)：形容声音清脆响亮。

◎ 青缣(jiān)被：青色细绢缝制成的被子。

◎ “为伊”句：化用宋柳永《凤栖梧》词：“衣带渐宽终不悔，为伊消得人憔悴。”判，同“拼”，甘愿、情愿。

词译

寒月转过雕栏，落叶萧萧，细数银灯里燃尽的灯花而落，提不起兴致去看窗棂间精工细琢的花纹。枕边的屏风好似几叠秋山漫向天际，却阻不住凛冽的寒风将细绢缝制的被子吹透。药炉初沸，清漏悠远，让人无法入眠，但为了你，我仍甘愿如此憔悴。

四和香

麦浪翻晴风飐。柳，
已过伤春候。
因甚为他成僝僽？
毕竟是春迤逗。
红药。阑边携素手，
暖语浓于酒。
盼到花铺似绣，
却更比春前瘦。

注

◎ 飐(zhǎn)：风吹使之摆动。
◎ 候：时令，时节。
◎ 僝僽(chán zhòu)：憔悴，烦恼。
◎ 迤逗：惹起，引逗。
◎ 红药：芍药。

词译

杨柳轻摆，风拂麦浪，如绿波涟涟无边，清香幽幽。伤春的时节早已过去，又为何神色憔悴、落寞自赏，或许是春之误惹起的吧。犹记当初，在开遍红芍药的花栏边，他携起了她的素手，暖语温情让人沉醉，如今又待繁花似锦，人却相思苦熬得愈发消瘦了。

添字采桑子

闲愁似与斜阳约，
红点苍苔，蛱蝶飞回。
又是梧桐新绿影○，
上阶来。
天涯望处音尘断○，
花谢花开，懊恼离怀。
空压钿筐○。金缕绣，
合欢鞋。

注

◎ 新绿影：化用欧阳修《摸鱼儿》词：“卷绣帘、梧桐秋院落，一霎雨添新绿。”

◎ 音尘断：化用李白《忆秦娥》诗：“咸阳古道音尘绝。”

◎ 空压钿筐：闲置的筐。

词译

闲愁似乎与沉沉的落日有约，常年不改。蝴蝶翩至，轻落在苍苔上，绵绵的愁绪中扑扇着一点点悸动。又是一年，梧桐嫩绿的荫影步上台阶，年年萌生的希望在离人杳无的音信间沦为落寞，望断天涯，空守着花开花谢。合欢鞋上刺眼的双宿双飞图案近在咫尺，却又如此遥远。

荷叶杯

帘卷落花如雪。烟月。
谁在小红亭。
玉钗敲竹乍闻声，
风影○略分明。
化作彩云○飞去。何处。
不隔枕函○边。
一声将息○晓寒天，
断肠又今年。

注

◎ 风影：随风晃动之物影，这里指那人的身影。

◎ 彩云：心爱女子的代称。

◎ 枕函：枕头。

◎ 将息：珍重、保重。

词译

月色迷茫，落花霏霏如雪漫天飘坠，烟雨红亭中，仿佛看到了她清瘦的身影翩翩而立，卓然可爱。几声空寂的玉钗敲竹声划过耳际，风中晃动的人影稍显分明。她总是化作彩云远远飞走，忽而不知所踪，忽而又至，匆匆地互道天寒珍重，空留无尽的感伤。

荷叶杯

知己一人谁是？已矣。
赢得误他生。
有情终古似无情，
别语悔分明。
莫道芳时◎易度，朝暮。
珍重好花天◎。
为伊指点再来缘◎，
疏雨洗遗钿◎。

注

◎ 芳时：花开时节，即良辰美景之时。
◎ 好花天：指美好的花开季节。
◎ 再来缘：来世姻缘，用韦皋、韩玉箫之故事。
◎ 钿：指用金、银、玉、贝等镶饰的器物。这里代指亡妇的遗物。

词译

一生唯一的知己是谁啊？只有她。今生相遇，纵有来生也至死不渝。曾经的深情终究看似“无情”，生死默然相对，只有那离别时刻骨铭心的叮嘱灼蚀心扉。不要说良辰美景总能轻易度过，短暂的美好总无法持久，一切唯有珍惜。含泪整理好她的旧物，让她来生再见时能忆起前生。

寻芳草

萧寺○记梦

客夜怎生过？
梦相伴、倚窗吟和。
薄嗔佯笑道，
若不是恁○凄凉，肯来么？
来去苦匆匆，
准拟○待、晓钟敲破。
乍偎人、一闪灯花堕，
却对着琉璃火○。

注

◎ 萧寺：泛指佛寺。
◎ 恁(nèn)：如此。
◎ 准拟：准备、打算。
◎ 琉璃火：指寺庙中的琉璃灯。

词译

异地为客的寂夜如此难挨，徜徉在梦中牵她的手，在窗下吟诗唱和。她假嗔佯笑我，若不是如此孤寂，还能有今夜之会吗？短暂的相聚让匆匆的离别分外凄苦，拖延着时间待到晓钟敲破。临别相拥如此缠绵、幽怨，灯花一闪而没，醒来后独见一盏闪烁不明的琉璃火。

南歌子

翠袖凝寒薄○，
帘衣入夜空。
病容扶起月明中。
惹得一丝残篆○，旧薰笼。
暗觉欢期过，
遥知别恨同。
疏花已是不禁风，
那更夜深清露，湿愁红○。

注

◎ “翠袖”句：化用杜甫《佳人》诗：“天寒翠袖薄，日暮倚修竹。”凝寒，严寒。

◎ 残篆：将要燃尽的篆字形的香。

◎ 愁红：即惨绿愁红，指残花败叶。

词译

入夜，帘幕内外空寂寥寥，薄薄的衣衫外寒意重重，映着如水的月光，悄然憔悴的面容宛若久病缠绵。篆香残尽，幽幽的思念留恋着那盏旧旧的薰笼。自知欢期已过，两地遥望的人轻怨别离。花朵已是稀疏零落，又怎受得住风摧露重？只落得个惨绿愁红。

南歌子

古戍

古戍。饥乌集，荒城野雉飞。何年劫火。剩残灰，试看英雄碧血，满龙堆。
玉帐空分垒，金笳已罢吹。东风回首尽成非，不道兴亡命也，岂人为。

注

◎ 古戍：指古代将士守边的地方，一般有营垒、烽火台等设施。

◎ 劫火：佛家语，指世界毁灭时所起的大火，后亦借指灾火、兵火等。

◎ 龙堆：汉代西域地名，汉后诗文中指北方边塞。

词译

萧萧古戍，饥鸦纵落，空旷的荒城里野雉倏飞。是哪一年的兵火劫难留下这一地残灰？惨淡的历史已遥不可考，如今只有看英雄壮士当日的碧血化作了这蛮荒的土色。将帅所居的军帐空寂，金笳已罢，古今往事俱已物是人非，事事皆休。那道不尽的兴亡成败，终挣不出命运的掌心，又岂在人为？

秋千索

药阑。携手销魂侣，
争不记看承。人处。
除向东风诉此情，
奈竟日春无语。
悠扬扑尽风前絮，
又百五韶光。难住。
满地梨花似去年，
却多了廉纤雨。

注

◎ **药阑**：芍药花的围栏，也泛指一般的花栏。

◎ **看承**：特别看待。

◎ **百五韶光**：清明前后的美好春光。百五，寒食节，即清明前一二日，因从冬至到寒食日共一百零五日左右，故称。

词译

犹忆当年与她携手款步在园亭中芍药花畔的厮守缠绵，那难以释怀的情景仍历历在目。此刻唯有向春风诉说这无尽的情意，春天却整日不作一语。久盼的春风终至，扬起漫天的柳絮飞舞，人空瘦，春难驻。满地梨花与昔年一般无恙，纤纤细雨溅湿的心却装满落寞忧伤。

忆江南

宿双林禅院有感

心灰尽、有发未全僧。
风雨消磨生死别，
似曾相识只孤檠。
情在不能醒。
摇落后，清吹。那堪听。
淅沥暗飘金井叶，
乍闻风定又钟声，
薄福荐倾城。

注

◎ 孤檠（qíng）：指孤灯。檠，灯架。

◎ 清吹：北方风俗，夜间在亡者灵前奏乐。

◎ “薄福”句：薄福的我让僧人念经超度妻子的亡灵。倾城，美女，此处代指亡妻。

词译

心如死灰，除了蓄发，似乎与僧人无异了。风雨相守，落得生死相别，那似曾相识的孤灯里余温绕绕，深陷情中难自醒。青衫啜泣，凄清的哀乐不忍听闻。淅沥的风雨中金井不语，梧桐树叶怅然飘落，忽而风声初定，凄冷的钟声又响起，那是薄福之人对亡妻的切切思念吗？

浪淘沙

紫玉拨寒灰，心字全非。
疏帘犹是隔年垂，
半卷夕阳红雨。入，
燕子来时。
回首碧云西，多少心期。
短长亭外短长堤。
百尺游丝。千里梦，
无限凄迷。

注

◎“紫玉”二句：紫玉，指紫玉钗。心字，即心字香。

◎ 红雨：比喻落花。

◎ 游丝：飘着的蛛丝。

词译

她拿着紫玉钗拨弄心香的灰烬，心事凌乱，清透的帘幕自去年垂下就再未动过。半卷夕阳，落花如雨，又到了燕子如期而至的时节。望穿秋水的双眸恨不能看透天际，多少心愿与期待，终落在短长亭外长堤细柳的愁绪中。那为离人织起的归梦，望不到尽头。

浪淘沙

夜雨做成秋，恰上心头◎。
教他珍重护风流。
端的◎为谁添病也，
更为谁羞？
密意未曾休，密愿难酬。
珠帘四卷月当楼。
暗忆欢期真似梦，
梦也须留。

注

◎“夜雨”二句：“秋”上“心”头，为“愁”字。
◎端的：究竟，到底。

词译

夜雨过境，天气初凉，浓浓的秋意泛上心头。期望秋雨能珍爱、保护人间的美好，莫给人平添烦忧。这究竟是为谁一身憔悴一身病，还羞于相见啊？情难了，意难休，轻卷阁楼四面的珠帘，让如水的月光涌入，想起曾经的欢爱恍如一梦，即使是梦也不愿放手。

浪淘沙

野宿近荒城，砧杵无声。
月低霜重莫闲行，
过尽征鸿书未寄，
梦又难凭。
身世等浮萍，病为愁成。
寒宵一片枕前冰，
料得绮窗孤睡觉，
一倍关情。

注

◎ 砧杵(zhēn chǔ)：捣衣石和棒槌。亦指捣衣。
◎ “寒宵”句：寒夜无眠，枕边一片冰冷凄清。
◎ 绮窗：饰有彩色雕花之窗，代指闺人、思妇。
◎ 一倍关情：加倍地牵动情怀。

词译

在野外过夜，靠近一座萧然荒凉的古城，早远离了故园的砧杵声声。寒月低沉，霜露渐重，切莫独自悄然缓行。家中的音信许久不闻，欲求梦慰藉，却又难以依靠。多年来身似浮萍，久愁成病，一想起远方独守寒窗空床的她，枕畔一片清冷如冰，就更加牵动思家的心了。

浪淘沙

闷自剔残灯，暗雨空庭。
潇潇已是不堪听，
那更西风偏著意。，
做尽秋声。
城柝。已三更，欲睡还醒。
薄寒中夜。掩银屏，
曾染戒香。消俗念，
莫又多情。

注

◎ “那更”句：那更，犹云况更，兼之。著意，犹专意、用心。

◎ 柝(tuò)：梆子，巡夜时敲击以报时。

◎ 薄寒中夜：半夜逼迫的寒气。薄，迫也。

◎ 戒香：此处代指超脱尘世烦恼的忘机之意。

词译

心情愁闷，只顾剔掉残余的灯花，把灯拨亮，听闻幽暗的夜雨打在空寂的庭院。悲风愁雨的声音本已不堪禁受，西风又偏偏送来秋声，更添愁绪。夜已三更，欲睡还醒，逼人的寒气迫使自己将屏风紧掩。多情人曾依傍戒香消解俗念，此刻莫要再陷多情，平添愁苦。

浪淘沙

清镜上朝云，宿篆犹薰。
一春双袂尽啼痕。
那更夜来山枕侧，
又梦归人。
花底病中身，懒约溅裙。
待寻闲事度佳辰。
绣榻重开添几线，
寂掩重门。

注

◎“清镜”二句：清镜，明镜。宿篆，夜来点燃的篆香。

◎溅裙：化指情人或某女子，这里指女伴。

词译

清晨，朝云映到明镜里，夜来焚烧的篆香还未燃尽。本来已是啼痕满袖、泪干肠断，偏又寂夜孤眠，残梦中与归人相约。病中的她，懒散倦怠地站在花底，不欲与女伴相约，在美好的豆蔻年华搜遍闲事打发无聊。转眼经年，将无尽的春光掩在重重门外，独自品味寂寞。

于中好

别绪如丝睡不成，那堪孤枕梦边城。因听紫塞三更雨，却忆红楼◎半夜灯。
书郑重，恨分明◎，天将愁味酿多情。起来呵手封题处◎，偏到鸳鸯两字冰。

注

◎ 红楼：华美的楼阁，指富家小姐的住处。

◎ “书郑重”二句：化用唐李商隐《无题》诗：“锦长书郑重，眉细恨分明。”

◎ 封题处：书札的封口签押处。

词译

别后的情怀催人辗转反侧，但仍比不过身在边城时的孤枕难眠之苦。沉沉寒夜里，听着边塞的雨声，不知为何却想起她深夜在故园红楼上为我燃起的微微烛光。锦书沉重，恨意难凭，这漫天的愁绪将多情酝酿得愈发浓烈，待到签押信笺时，偏偏在鸳鸯两字处似乎冻结住了。

鹧鸪天

冷露无声夜欲阑◎，
栖鸦不定朔风寒，
生憎◎画鼓◎楼头急，
不放征人梦里还。
秋淡淡，月弯弯，
无人起向月中看。
明朝匹马相思处，
如隔千山与万山。

注

◎ 阑：将尽。
◎ 生憎：甚憎。
◎ 画鼓：饰有彩画之鼓，此处指更鼓。

词译

寒夜将尽，于夜深时分悄然暗凝的露水，此刻寂然无声；北风凛冽，把已经栖息的乌鸦吹得惊飞不定。可憎的画鼓偏又楼头急响，声声恼人，令征人无法入梦还乡。一秋似水，冷月如钩，再没有谁起身在月下凝望，明天的征途渐行渐远，炽烈的相思还要飞越千山万水。

于中好

送梁汾南还，为题小影

握手西风泪不干，
年来多在别离间。
遥知独听灯前雨，
转忆同看雪后山。
凭寄语，劝加餐。
桂花时节约重还。
分明小像沉香缕，
一片伤心欲画难。

注

◎“年来”句：从康熙十五年到二十年之间，梁汾于康熙十七年初曾南回，词人亦多次到昌平、霸州、巩华、遵化、雄县等地巡游。

◎“一片”句：化用唐高蟾《金陵晚望》诗：“世间无限丹青手，一片伤心画不成。”

词译

握手相别，拖人归去的西风吹干了泪迹，知己难得聚首，分别的日子却如此漫长。想必是将来你我独对孤灯倾听着细雨的低诉，忽然会想起从前一起在雪后看山的逍遥日子。寄语犹在，多吃饭，在桂花盛开的时节你我再见。你的样子在轻烟中历历可见，但这幽幽的伤心实难画出。

于中好

十月初四夜风雨，其明日是亡妇生辰

尘满疏帘素带飘，
真成暗度可怜宵。
几回偷拭青衫泪，
忽傍犀奁见翠翘。
唯有恨，转无聊。
五更依旧落花朝。
衰杨叶尽丝难尽，
冷雨凄风打画桥。

注

◎ **犀奁见翠翘：**犀奁，犀角制作的镜匣。翠翘，古代女子之首饰，即翡翠翘头。此处代指亡妻生前之遗物。

◎ **落花朝：**落花的早晨。

词译

夜深人寂，倦倦的帘幕上落满尘土，风儿拂动素带缓缓飘荡，本当珍重的夜晚却只有我一人孤单度过。一想到她总要偷偷地抹上几回眼泪，泪眼中望见镜匣中她的翠翘，更添悲情。天色将晓，花开花落的命运悲喜相依，低垂的怨柳相思难诉，冷雨凄风让画桥也失去了颜色。

河传

春浅，红怨，掩双环◎。
微雨花间昼闲，
无言暗将红泪弹。
阑珊◎，香销轻梦还。
斜倚画屏思往事，皆不是，
空作相思字。
记当时，垂柳丝，
花枝，满庭蝴蝶儿。

注

◎ 掩双环：关起门来。双环，门环。
◎ 阑珊：衰落的样子。

词译

春色已浅，凋零的春花充满了怨愤，只得把门关上，独自沉吟。微雨蒙蒙，一人独立花间，白日里空虚无聊，只有弹泪无言。阑珊的春梦总是浅梦易醒，对影香残。斜倚着画屏，往事阡陌，纸上写满的相思也难寄深情。还记得那时的倦柳花蝶，春色旖旎，如今皆已成空。

木兰花令

拟古决绝词柬友。

人生若只如初见，
何事秋风悲画扇。
等闲变却故人心，
却道故心人易变。
骊山语罢清宵半，
泪雨霖铃终不怨。
何如薄幸锦衣郎，
比翼连枝当日愿。

注

◎ **古决绝词柬友**：古诗《白头吟》：“闻君有两意，故来相决绝。”唐元稹已有《古决绝词》三首，所以本副题有“拟”字。柬友，与其绝交。

◎ **“何事”句**：此处用汉班婕妤被弃典故，抒发遭弃的怨情。

◎ **“何如”二句**：此二句谓其当年虽有比翼连枝之誓言，而终于薄情。

词译

人之与人，若始终只如初见时的美好，就如同团扇始终都如初夏时刚刚拿在手里的那一刻，该是多好？你这位故人轻易地就变了心，却反说我变得太快了。曾经的细语温情、执手相伴，世事变迁也终落哀怨，为何薄情的人心易变，曾经的誓言也不过是当日作数罢了。

虞美人

春情只到梨花薄◎，
片片催零落。
夕阳何事近黄昏，
不道人间犹有未招魂。
银笺别梦当时句。
密绾同心苣◎。
为伊判作◎梦中人，
长向画图清夜唤真真◎。

注

◎ 梨花薄：梨花丛密之处。薄，指草木丛生之处。
◎ 同心苣（qǔ）：象征爱情的同心结。
◎ 判作：甘愿作。
◎ 真真：女子的代称。此处指所思之妻子。

词译

浓浓的春意待到梨花盛开，来不及欣喜就已风吹花落。无情的夕阳为何催促着黄昏，更不知人间的我还未来得及给亡妻招魂。犹记当初素白的信笺上写满缠绵的字句，见证着我们的恩爱同心。为了她，我甘愿长梦不醒，在清冷的夜晚对画呼唤着她的名字。

虞美人

曲阑深处重相见，匀泪。偎人颤。
凄凉别后两应同，最是不胜清怨月明中。
半生已分。孤眠过，山枕檀痕涴。
忆来何事最销魂，第一折枝。花样画罗裙。

注

◎ 匀泪：拭泪。

◎ 分(fèn)：料想。

◎ “山枕”句：枕头上浸渍带有香粉的泪痕。檀痕，带有香粉的泪痕。涴(wò)，浸渍。

◎ 折枝：中国花卉画法之一，不画整枝，只画其中一段。

词译

曲阑深处，与她再次相见，她拭泪依人的面庞让人生怜。分别之后，你和我应该同样凄凉吧，最不能忍受明月照耀时的凄凉哀怨。半生已经孤零零地度过，思念却未消减，依旧是涔涔红泪，沁湿了枕头。最令人销魂者，首推你那绘有折枝图样的彩色罗裙。

虞美人

彩云易向秋空散○，燕子怜长叹。
几翻离合总无因，赢得一回僝僽○一回亲。
归鸿旧约霜前至，可寄香笺字。
不如前事不思量，且枕红蕤○欹侧看斜阳。

注

◎ **“彩云”句：** 比喻美满的姻缘被轻易拆散。
◎ **僝僽**(chán zhòu)：埋怨、嗔怪。
◎ 红蕤(ruí)：即红蕤枕，一种红色的玉石枕，这里代指枕头。

词译

美丽的彩云总是容易消散，连梁燕听闻他们离别时的声声叹息也黯然怜惜。几番相聚，几番离别，牵动着人一时欢喜，一时忧愁。尽管你我先前约定的秋间相聚在即，也该寄书信以慰相思啊！唉，不愉快的前事不如不想，我还是枕着我的红蕤仙枕，侧卧观赏斜阳吧！

虞美人

银床淅沥青梧老，
屟粉秋蛩扫。
采香行处蹙连钱。
拾得翠翘何恨不能言。
回廊一寸相思地，
落月成孤倚。
背灯和月就花阴。
已是十年踪迹十年心。

注

◎ **银床**：井栏的美称，也指辘轳架。

◎ **屟粉**：借指所恋女子的踪迹。

◎ **连钱**：草名，叶呈圆形，大如钱，故称。

◎ **“回廊”句**：用春秋吴王“响屧廊”之典。此处借指与所爱之人曾有过恋情的地方。

词译

秋风秋雨摧残了井边的梧桐，蟋蟀不再鸣叫，她那美丽的身影踪迹难寻。她旧日所爱的行经之处已经长满青苔，久无人迹。旧地重游，故情再现，她曾走过的地方洒落一地相思，空留一弯愁月残照。花阴下，背灯对月独赏，十年前的欢会、真情从未改变。

虞美人 为梁汾赋

凭君料理花间课，
莫负当初我。
眼看鸡犬上天梯，
黄九自招秦七共泥犁。
瘦狂那似痴肥好，
判任痴肥笑。
笑他多病与长贫，
不及诸公衮衮向风尘。

注

◎ 料理花间课：料理，此处为辑集。花间，词人以后蜀赵崇祚编的《花间集》比喻自己的词作。

◎ “黄九”句：黄九，北宋诗人黄庭坚，因排行第九，故云。秦七，北宋词人秦观，因排行第七，故云。此处借指词人与顾贞观。泥犁，梵语，意即地狱。

◎ 诸公衮衮：指仕进得意、占据险要地位者络绎不绝。

词译

我的词集选编就全托付于你了，切莫辜负当初我的信任。眼看小人入仕朝廷，登上高位，我们不求富贵显达，只耽于填自己的艳丽小词，自有一番闲乐。随他们笑吧，那些官场得意之人总是笑我们失意之人，笑我们的多病与长贫，哪如他们风风光光地滚滚向风尘呀！

虞美人

风灭炉烟残灺○冷，
相伴惟孤影。
判○教狼藉醉清樽○，
为问世间醒眼是何人？
难逢易散花间酒，
饮罢空搔首。
闲愁总付醉来眠，
只恐醒时依旧到樽前。

注

◎ 残灺 (xiè)：烧残的烛灰。
◎ 判：甘愿，不惜。
◎ 樽：古代盛酒的器具。此处借指醇酒。

词译

冷风吹散了香炉中的残烟，灰烬渐冷，唯有我孤单的影子还不离不弃。我甘愿喝得酩酊大醉，以此麻醉自己，只问这世间独醒之人还有谁呢？与知己畅饮的时刻总是相逢难，离别易，人去宴散后，只能对着空杯搔首长叹。让我借酒醉在愁情中睡去，只怕醒来时还要再次来到酒杯面前。

鹊桥仙

倦收缃帙○，悄垂罗幕，
盼煞一灯红小。
便容生受博山香○，
销折得、狂名多少。
是伊缘薄，是侬情浅，
难道多磨更好。
不成○寒漏也相催，
索性尽、荒鸡○唱了。

注

◎ 缃帙：书的浅黄色封套，代指书卷、书籍。
◎ 生受博山香：享受放在博山炉中烧的香。
◎ 不成：难道，语助词，表示反诘。
◎ 荒鸡：在三更前开始啼鸣的鸡。

词译

不去收起散落的书卷，罗幕悄垂，你我多希望那灯火暗淡下去，让人沉浸在梦一般的幸福中。意外的幸福忽然而至，谁还去在乎那尘世浮名？缘薄情浅，难再相聚，这就是常说的好事多磨吗？无情的更漏也在苦苦相催，索性不睡，守着那荒野外的鸡鸣将晨晓唤起。

鹊桥仙

梦来双倚，醒时独拥，
窗外一眉新月。
寻思常自悔分明，
无奈却、照人清切。
一宵灯下，连朝镜里，
瘦尽十年花骨。
前期总约上元时，
怕难认、飘零人物。

注

◎ **悔分明**：后悔将往事记得太清楚。
◎ **花骨**：形容女子骨弱如花，此处指憔悴。
◎ **前期**：指以前的约定。
◎ **飘零人物**：作者自称，谓失意之人。

词译

梦中与情人并倚栏杆，醒来却独自拥衾而卧，新月如眉恹恹含愁。曾寻思往昔的情事多该淡然相忘，怎奈月光清澈，让回忆无处可藏。她夜夜对灯独守，朝朝对镜相看，十年的幽怨让佳人形神消瘦。从前常约定的上元相会，只怕重见，她也认不出我这个失意之人了。

南乡子

飞絮晚悠飏，
斜日波纹映画梁。
刺绣女儿楼上立，柔肠。
爱看晴丝百尺长。
风定却闻香。
吹落残红在绣床。
休堕玉钗惊比翼，双双。
共唼苹花绿满塘。

注

◎ 晴丝：指柳丝。

◎ 残红：败落的花瓣。

◎ 唼(shà)：水鸟或鱼吃食。

词译

天色将晚，柳絮飘飞，落日的余晖将湖面涟涟的波纹映在画梁上。小楼上的绣女盈盈而立，光影中宛若水中仙子，千柔百媚，无尽的心事挂在脸上。风停香漫，目光流转，细碎的落花铺满绣床，她喃喃地低语莫要将玉钗落地，以免惊走碧塘中双宿双栖的鸳鸯。

南乡子 捣衣

鸳瓦已新霜，
欲寄寒衣转自伤。
见说征夫容易瘦，端相。
梦里回时仔细量。
支枕怯空房，
且拭清砧就月光。
已是深秋兼独夜，凄凉。
月到西南更断肠。

注

◎ 捣衣：妇女把织好的布帛铺在平滑的砧板上，用木棒敲平，以求柔软熨帖，好裁制衣服。又，妇女洗衣时以杵击衣，使其洁净。

◎ 端相：仔细看。

◎ 砧(zhēn)：即捣衣石。

词译

捣衣时才发现，屋脊的鸳鸯瓦上清霜新结，对着准备为他寄去的寒衣暗自心伤。都说戍边在外的人受尽苦寒、形貌消瘦，在梦中见到他时要多仔细端详。寒衾孤单，空房寂寞，趁着月光捣衣，细诉着牵念与凄凉，不知不觉月已西沉。

南乡子

柳沟晓发

灯影伴鸣梭，
织女依然怨隔河。
曙色远连山色起，青螺。
回首微茫忆翠蛾。
凄切客中过，
料抵秋闺一半多。
一世疏狂应为著，横波。
作个鸳鸯消得么。

注

◎ 柳沟：柳沟城，古时为关隘。
◎ 青螺：以青色的螺髻喻山。
◎ 横波：女子的眼波。这里代指所爱之女子。

词译

天色未明，织布的梭声清晰，微微烛火摇曳着她娇弱的身影，银河清浅，遥遥传来织女隔河相望时幽怨的叹息。绵绵曙色中，青山翠黛宛如她的螺髻，回首茫茫的归家之路，浮现起闺中她的脸庞。欢聚短，离愁长，曾经的壮志轻狂在奔波中销蚀殆尽，你幽怨的眼神看着我，做个鸳鸯值得吗？

红窗月

燕归花谢，早因循○、又过清明。是一般风景，两样心情。犹记碧桃影里、誓三生。乌丝阑纸○娇红篆，历历春星。道休孤○密约，鉴取○深盟。语罢一丝香露、湿银屏。

注

◎ **因循**：迟延。

◎ **乌丝阑纸**：有黑色线格的纸。

◎ **孤**：辜负。

◎ **鉴取**：察知。取，助词，表示动作之进行。

词译

春花凋谢，飞燕归来，明媚的春光轻易滑过，转眼又过了清明。春色如昨，仍记得当初碧桃影深处彼此心意相投、情定三生。伊人素笺上的乌丝红篆，记取着山盟海誓、不渝密约，宛若夜空中的繁星恒久不变。如今誓言仍在，读罢却空落一滴清泪，溅湿镶有银饰的屏风。

踏莎行

春水鸭头。，春山鹦嘴。，
烟丝无力风斜倚。
百花时节好逢迎，
可怜人掩屏山睡。
密语移灯，闲情枕臂。
从教。酝酿孤眠味。
春鸿不解讳相思，
映窗书破。人人字。

注

◎ 鸭头：指绿色。也叫鸭头绿。

◎ 鹦嘴：鹦鹉红嘴，故以鹦嘴代指红色。

◎ 从教：任凭、听凭。

◎ 书破：本指书写错乱，此处喻指雁行不成“人”字形。

词译

春水涟涟，翠色欲滴，春山落红点点，娇艳刺目，冉冉的轻烟倚靠着微风斜斜而上。百花竞放，正是情人幽会的时节，可怜人却躲在屏风背后酣睡。那时你凑过烛火，耳畔厮磨，如今却空留我品尝孤眠的滋味，连窗外的大雁也不解我的相思，排不成紧凑的“人”字形。

踏莎行

寄见阳

倚柳题笺，当花侧帽，
赏心应比驱驰好。
错教双鬓受东风，
看吹绿影成丝早。
金殿寒鸦，玉阶春草，
就中冷暖和谁道。
小楼明月镇长闲，
人生何事缁尘老。

注

◎ **倚柳题笺**：指作诗、填词等悠闲自适的生活。
◎ **侧帽**：斜戴着帽子，形容洒脱不羁。
◎ **绿影**：绿发，指乌黑发亮的头发。
◎ **镇长**：经常、常常。
◎ **缁尘**：黑色灰尘，即风尘。

词译

倚柳题笺，侧帽别花，风流自赏应比驱驰奔波强得多。无奈却坠入滚滚红尘之中，身不由己，满头黑发早早地被生活所累，染上了白霜。金殿寒鸦，玉阶春草，冷暖自知的苦境没有人知道。她在家中夜夜空对明月，人世间还有多少风尘琐事在催人无奈中悄悄老去啊？

临江仙

寄严荪友。

别后闲情何所寄，
初莺早雁。相思。
如今憔悴异当时。
飘零心事，残月落花知。
生小不知江上路，
分明却到梁溪。。
匆匆刚欲话分携。。
香消梦冷，窗白一声鸡。

注

◎ 严荪友：即作者友人严绳孙，字荪友。
◎ 初莺早雁：此谓春去秋来。
◎ 梁溪：在今江苏无锡，此处代指严绳孙的家乡。
◎ 分携：分手。

词译

友人别后的孤寂清冷如何解脱，只有那早归的雁莺能懂我春去秋来的相思之情。如今的憔悴和寂寞怎可同日而语，天涯漂流的孤心也只有残月落花知道了。在梦里，从不知晓江南路径的我却寻到你的家乡，正欲倾诉却忽至梦断，香消梦冷，窗外一声鸡鸣报晓，天已将白。

临江仙

永平◎道中

独客单衾谁念我，
晓来凉雨飕飕。
缄书欲寄又还休。
个侬◎憔悴，禁得更添愁。
曾记年年三月病，
而今病向深秋。
卢龙◎风景白人头。
药炉烟里，支枕听河流。

注

◎ **永平**：清代永平府，在今山海关一带，纳兰护驾巡游关外，此为必经之地。

◎ **个侬**：那人，此处指家中妻子。

◎ **卢龙**：明清时为永平府府治所在地。

词译

清晓寒凉，冷雨飕飕，偌大的世界，除了它们之外，还有谁挂记着异乡过客孤眠独卧的愁情？写好的书信始终犹豫着是否寄出，担心娇弱的她因我愁上添愁。年年三月皆会伤春成疾的我远在塞外，唯有独对深秋。看那草木萧瑟，暗生白发，拖着病躯于药炉烟里倾听隐隐的水声。

临江仙

长记碧纱窗外语，
秋风吹送归鸦。
片帆从此寄天涯。
一灯新睡觉◎，思梦月初斜。
便是欲归归未得，
不如燕子还家。
春云春水带轻霞。
画船◎人似月，细雨落杨花。

注

◎ 新睡觉(jué)：刚刚睡醒。觉，睡醒。
◎ 画船：装饰华丽，绘有彩画之游船。

词译

碧纱窗外，你我惜别时的依依话语还铭记于心，秋风袅袅，却催促着寒鸦归巢。自此一别，羁旅天涯的我拥着孤灯入梦，在梦中对月思念故园。燕子来去自如，而我却身不由己，唯有在归家的梦境中携着佳人踏碎春色的旖旎，细数丝雨、落花，共享画眉之乐。

临江仙

塞上得家报云秋海棠开矣，赋此

六曲阑干三夜雨，倩谁护取娇慵。可怜寂寞粉墙东。已分裙衩绿，犹裹泪绡红。

曾记鬓边斜落下，半床凉月惺忪。旧欢如在梦魂中。自然肠欲断，何必更秋风。

注

◎ **娇慵**：指秋海棠花。
◎ **裙衩**：比喻海棠的枝叶。
◎ **肠欲断**：双关语，既指人，也指花。

词译

阑干曲折，秋雨绵绵，初放的秋海棠娇美、慵懒，让人生怜。她在粉墙的角落寂寞兀立，翠绿裙衩般的绿叶托着粉红的花蕾，薄纱般的花瓣上宿雨犹存。曾将花插在你的头上，就着半床的月光痴看睡眼蒙眬的你。每每想起这些往事，宛如一梦，这断肠之花哪还禁得起萧瑟秋风呢？

临江仙

孤雁

霜冷离鸿惊失伴，
有人同病相怜。
拟凭尺素寄愁边，
愁多书屡易◎，双泪落灯前。
莫对月明思往事，
也知消减年年。
无端嘹唳◎一声传，
西风吹只影，刚是早秋天。

注

◎ 屡易：屡次重写。
◎ 嘹唳：声音响亮而凄清。这里指孤雁的叫声。

词译

一只失群的孤雁在冷霜中凄凄独飞，它也同我一样命运凄苦吗？夜深难眠，欲将苦闷说给她听，怎奈愁绪重重，家书几番修改而不成，独对灯前潸然泪下。往事如烟，还是别对月胡思乱想，自添愁绪。忽然一声悲怆的雁鸣传来，瑟瑟寒风催促着孤影，才刚刚是初秋时节。

蝶恋花

辛苦最怜天上月。
一昔如环，昔昔都成玦。
若似月轮终皎洁，
不辞冰雪为卿热。
无那尘缘容易绝。
燕子依然，软踏帘钩说。
唱罢秋坟愁未歇，
春丛认取双栖蝶。

注

◎ **“一昔”两句**：一月之中，天上的月亮只有一夜是圆满的，其他的夜晚都是有亏缺的。

◎ **认取**：注视着。取，语气助词。

词译

天上的月亮等得好辛苦。离别时多，团圆时少，饱尝相思的煎熬。若你能化作天上一轮皎洁的明月，不畏严寒也要为你送去温暖。尘世因缘已经断绝，令人徒唤奈何。唯有软踏帘钩的堂前燕，依然相亲相爱，呢喃絮语。哀悼过亡灵，但是满怀愁情仍不能消解，祈愿来年春日在那烂漫花丛中与爱妻的精灵形影相随、双栖双飞。

蝶恋花

又到绿杨曾折处。
不语垂鞭，踏遍清秋路。
衰草连天无意绪，
雁声远向萧关去。
不恨天涯行役苦。
只恨西风，吹梦成今古。
明日客程还几许，
沾衣况是新寒雨。

注

◎ 绿杨曾折处：曾经折柳赠别的地方。
◎ 无意绪：百无聊赖。
◎ 萧关：古关名，故址在今宁夏固原东南。

词译

又到了折柳相别的旧地，默然不语，无力垂鞭，踏遍天涯铺满秋色的驿路。凉秋九月，百无聊赖的衰草向天边延展，雁声悲戚，远远遁入通往萧关的长空中。行役之苦茫无尽头，秋风扫梦，才忽觉年华飞逝。明朝的离愁别绪不知还要添多少，更何况这沾衣惹袖的绵绵寒雨才刚刚落下。

唐多令 雨夜

丝雨织红茵◎，苔阶压绣纹，
是年年、肠断黄昏。
到眼芳菲都惹恨，
那更说，塞垣春。
萧飒不堪闻，残妆拥夜分，
为梨花、深掩重门。
梦向金微山◎下去，
才识路，又移军。

注

◎ 红茵：红色地毯，这里指一地红花。
◎ 金微山：即今之阿尔泰山。泛指边塞。

词译

丝雨如织，穿起片片落红，满目残花青苔、断肠黄昏惹起的愁思更是年年如此。春色满园、芳菲消尽的愁怨哪比得上思念的人远行塞垣、迟迟不归的凄凉？不忍听闻萧条冷落的风雨，伤心人泪罢妆残。在梦里她到了魂牵梦萦的关塞，刚打听到离人驻扎处，却听说他又到了别的地方。

踏莎美人

清明

拾翠归迟，踏青期近，
香笺小叠邻姬讯。
樱桃花谢已清明，
何事绿鬟斜亸、宝钗横。
浅黛双弯，柔肠几寸，
不堪更惹其他恨。
晓窗窥梦有流莺，
也觉个侬憔悴、可怜生。

注

◎ **拾翠**：指女子游春。
◎ **邻姬讯**：邻家女子的信。
◎ **绿鬟斜亸(duǒ)**：乌黑的头发斜着下垂。
◎ **生**：用在形容词的词尾，无义。

词译

游春归晚，踏青之约将近，收到了邻家少女散发着清香的信笺。她说，樱桃花已凋谢，时至清明，为何仍一副疏慵倦怠之容？浅浅的眉弯轻皱，百曲千折的柔肠藏着几丝愁绪萦怀，哪还愿再去沾惹新恨呢？沉沉睡去，只有醒来时窗前婉转啼鸣的莺儿能读懂我的心意，知道我的惹人怜爱。

鬓云松令

枕函香，花径漏。
依约相逢，絮语黄昏后。
时节薄寒人病酒，
铲地梨花，彻夜东风瘦。
掩银屏，垂翠袖。
何处吹箫，脉脉情微逗。
肠断月明红豆蔻，
月似当时，人似当时否？

注

◎ 依约：隐约、仿佛。
◎ 病酒：谓饮酒过量，沉醉如病。
◎ 铲（chǎn）地：无端，平白无故地。

词译

花径泄露春光，枕头上都浸着余香，与她在夕阳下携手，软语温存。清寒的季节里，借酒消愁，东风无故吹落梨花满地，一夜过尽，满树梨花黯然消瘦。她寂寞地掩着屏风，欲说还休，勾人心弦的箫声传来，却不知多情人在何处。月色依然，人分两地，她还依稀如旧吗？

调笑令

明月。明月。

曾照个人离别。

玉壶红泪相偎，

还似当年夜来。

来夜。来夜。

肯把清辉重借。

注

◎ 玉壶红泪：美人之眼泪。

◎ 夜来：魏文帝宫中美人，即薛灵芸。魏文帝为其改名夜来。

词译

看那皎洁的一轮明月，曾用它如水的清辉照映着我与他人的离别。还记得当年之夜，临别时你含着泪光与我相依相偎，历历如新。曾经的人，曾经的夜，从今往后的夜晚，这明月还会把它清冷的光辉借给我，再次照亮曾经的欢聚吗？

点绛唇

寄南海梁药亭

一帽征尘，
留君不住从君去。
片帆何处，
南浦沈香雨。
回首风流，
紫竹村边住。
孤鸿语，三生定许，
可是梁鸿侣？

注

◎ **梁药亭**：纳兰的好友梁佩兰，字芝五，号药亭，清初著名诗人，与屈大均、陈恭尹并称为“岭南三大家”。

◎ **南浦沈香**：南浦，南面的水滨，泛指送别之处。沈香，沈香浦，在今广东南海琵琶洲。

◎ **梁鸿**：字伯鸾，家贫而好学，尚气节，为隐逸之士，与妻子孟光相敬如宾。

词译

好友要走了，留也留不住，只得由他而去。他乘帆远航，回到那多雨的家乡。回顾往日隐居紫竹村边，那潇洒风流的生活实在令人怀恋。孤鸿低语，满是伤感与寂寞，梁药亭恐怕前生就是梁鸿一样的人物吧。

忆王孙

暗怜双缬。郁金香，
欲梦天涯思转长。
几夜东风昨夜霜，
减容光，
莫为繁花又断肠。

注

◎ **双缬（xiè）**：指郁金香成双成对。缬，拴、缚，此处谓两花相并。一说缬，指袜，郁金香为袜上图案。

词译

偷偷对着那相依相偎的郁金香黯然生怜，对远方人的牵绊与思念也在梦中变得幽怨、绵长。几夜无情的风霜又使美丽的花消褪了容光，伊人已是憔悴，就莫要再为这满眼的繁花凋谢伤透柔肠。

忆王孙

刺桐花底是儿家，
已拆秋千未采茶。
睡起重寻好梦赊◎。
忆交加◎，
倚著闲窗数落花。

注

◎ 赊：渺茫、稀少。
◎ 交加：男女相偎，亲密无间。

词译

那刺桐花底的庭院便是我的家，晚春时节，农事渐忙的日子里，人们已拆掉了秋千，新茶尚未开始采撷。幽幽转醒，却仍沉醉在方才甜蜜的少女春梦中，与心上人相守相偎的情景再也无法重现，索性倚靠着闲窗静数落花，在脑海中搜寻两人窗前依偎赏花的点点回忆。

菩萨蛮

过张见阳山居○，赋赠

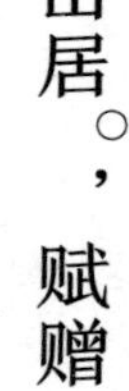

车尘马迹纷如织，
羡君筑处真幽僻。
柿叶一林红，
萧萧四面风。
功名应看镜○，
明月秋河○影。
安得此山间，
与君高卧闲。

注

◎ 张见阳山居：在京郊西山。
◎ “功名”句：容颜易老而功名难就。
◎ 秋河：指银河。

词译

身居红尘，门前喧嚣热闹的车马穿行如织，真是羡慕你隐居之所的清幽、僻静啊！看那青翠的柿林中红影一片，果熟飘香，听那空旷的田园里秋风四起，萧萧作响。容颜易老，功名难就，银河中明月的光辉微渺如砂，倒不如栖此碧山，与友人高卧，畅叙幽情，惬怀为闲。

菩萨蛮 回文◎

客中愁损◎催寒夕，夕寒催损愁中客。
门掩月黄昏，昏黄月掩门。
翠衾孤拥醉，醉拥孤衾翠。
醒莫更多情，情多更莫醒。

注

◎ **回文**：诗词中的一种修辞手法，即某些诗词字句，回环往复读之均能成诵。

◎ **愁损**：愁煞，极度忧愁。

词译

愁绪孤寂，离人的愁情催逼着夕阳愈发清冷，凛冽的寒意让落寞的人变得更加愁怨冷寂。悄悄将迷蒙的月色黄昏掩在门外，浓醇多情的月光却扶上房门。长夜漫漫，拥着翠衾沉沉醉去，满心孤苦；醉意弥漫，柔暖的翠衾宛如她在身旁。醒来时颓然长叹，伤心人切莫多情，多情人切莫独醒。

菩萨蛮

飘蓬只逐惊飙转，
行人过尽烟光远。
立马认河流，
茂陵风雨秋。
寂寥行殿锁，
梵呗琉璃火。
塞雁与宫鸦，
山深日易斜。

注

◎ 惊飙：狂风、暴风。

◎ 茂陵：此处以明宪宗陵墓茂陵代指十三陵。

◎ “梵呗”句：梵呗，指僧人作法事时的歌咏颂赞之声。琉璃火，即琉璃灯。

词译

飘蓬不定，随狂风乱舞，行人过尽，路亦不见尽头，只见远山在雾霭中绵延。因迷茫而停下来细细思考，辨别方向，明十三陵在秋风秋雨中更显萧瑟。空寂苍凉的行宫紧锁，只传出僧人的唱经声，并隐约透出琉璃灯光。北方的大雁和栖息在宫殿里的乌鸦依然在守候着这份寂寞，山很深，太阳似乎更容易落了。

采桑子

那能寂寞芳菲节，
欲话生平。
夜已三更，
一阕悲歌泪暗零。
须知秋叶春花促，
点鬓星星。
遇酒须倾，
莫问千秋万岁名。

注

◎ 芳菲节：指春天。
◎ 零：落。
◎ 秋叶春花：代指秋季、春季。
◎ 星星：比喻白色。

词译

百花盛开、莺啼燕语的时节，茕然独处的我惆怅满胸，却欲言又止。夜深人寂，唯有一曲悲歌中黯然泣下。时光荏苒，飘零的秋叶催促着春光褪尽，年华易逝，徒增了点点白发。何妨把酒尽饮，任诞放达，看淡这人生庸庸碌碌的一世虚名。

采桑子 九日

深秋绝塞。谁相忆，
木叶。萧萧。
乡路迢迢。
六曲屏山和梦遥。
佳时倍惜风光别。，
不为登高。
只觉魂销。
南雁归时更寂寥。

注

◎ 绝塞：遥远偏僻之地。
◎ 木叶：落叶。
◎ 别：与众不同。

词译

在这深秋时节的塞外古道，还会有谁惦记着我呢？唯有萧萧的落叶默然无声。山势艰险，这曲折逶迤的山路如思乡的梦一般遥远。又逢重阳佳节，想到别有一番风光的故园让人离愁倍增。春秋代序，雁去雁还，谁能体会离人内心的凄凉、寂寞呢？

采桑子

海天谁放冰轮◎满，
惆怅离情。
莫说离情，
但值良宵总泪零。
只应碧落◎重相见，
那是◎今生。
可奈今生，
刚作愁时又忆卿。

注

◎ 冰轮：月亮。
◎ 碧落：天空。
◎ 那是：哪是，岂是。

词译

是谁让天宇中的月儿变得那么皎洁明亮，难道他没有看到我的离情惆怅吗？这种离情已不堪提起，每到凉夜，总要使人伤心落泪。伊人已去，即使你我有缘碧落重逢，也不是今生之事了。至于今生呢，总是偏偏在忧愁之时又会想起你。

采桑子

白衣裳凭朱阑立，
凉月趖西。
点鬓霜微，
岁晏知君归不归？
残更目断传书雁，
尺素还稀。
一味相思，
准拟相看似旧时。

注

◎ 朱阑：红色的栏杆。
◎ 趖(suō)西：向西落下。趖，走、移动。
◎ 岁晏：岁末。
◎ 准拟：料想，希望。

词译

一袭白衣，临红色的栏杆而立，看那清冷的寒月渐渐西坠。不觉两鬓间又徒添了点点白发，年至岁末，不知远方的你何时才能归来呢？深夜里，望穿秋水地守望你的书信，却音信寥寥。仍是那份牵念，期待着团聚时你我把酒言欢、秉烛夜谈，宛若旧时一样。

清平乐

麝烟深漾，
人拥缑笙氅。
新恨暗随新月长，
不辨眉尖心上。
六花斜扑疏帘，
地衣红锦轻沾。
记取暖香如梦，
耐他一晌寒岩。

注

◎ 麝烟：燃烧麝香散发出的烟。
◎ 缑(gōu)笙氅（chǎng）：道袍式的外套。
◎ 六花：雪花有六瓣，故称。
◎ 寒岩：高处的山崖。

词译

熏香在屋子里袅袅回荡，佳人逝去之恨所引起的新的伤心事，随着月弯愁长，分不清落在眉尖还是心上。轻雪飘落，斜扑在稀疏的窗帘上；织有红锦的地毯，沾着些许轻盈的六瓣冷花。与她共度的温馨时光宛如梦境，放开回忆，便忍受不住一点点的高处清寒。

眼儿媚

林下闺房世罕俦○，偕隐足风流。今来忍见，鹤孤华表○，人远罗浮。中年定不禁哀乐，其奈忆曾游。浣花○微雨，采菱斜日，欲去还留。

注

◎ “林下”句：这句意谓其人不同凡类。林下，形容娴雅、超脱。俦，同类。

◎ 鹤孤华表：比喻去世。华表，古代宫殿、城垣或陵墓前所立石柱。

◎ 浣花：古时蜀地风俗，以每年四月十九日为浣花日。

词译

你的娴雅、情致绝非凡品，你我相携隐居如此让人向往。如今佳人已去，曾经的种种良愿、诸般美好都已成过眼云烟。人过中年，每每不禁感伤，总以我们一同赏游时的喜悦来麻醉自己，那时微雨洗涤着花树，夕阳下水畔采菱，让人久久迷醉，不愿离去。

少年游

算来好景只如斯，
惟许有情知。
寻常风月，等闲谈笑，
称意即相宜。
十年青鸟◎音尘断，
往事不胜思。
一钩残月照，半帘飞絮，
总是恼人时。

注

◎ 青鸟：神话传说中给西王母取食、传信的神鸟。后以之代指信使或传递爱情的信使。

词译

人常言道好景如斯，其实若是有情，皆无处不是好景。纵是平常风光月色，平常言谈笑语，只要“称意”，便足以让人舒适。与心爱之人十年分离，杳无音信，忆及往日情事，怎能不令人不胜深思怀念？一钩残月，半帘飞絮，其中的孤寂、幽怨都变成了恼人的缘由。

浪淘沙

双燕又飞还，好景阑珊。
东风那惜小眉弯，
芳草绿波吹不尽，
只隔遥山。
花雨忆前番，粉泪偷弹。
倚楼谁与话春闲，
数到今朝三月二，
梦见犹难。

注

◎ 阑珊：将尽、零落、衰歇之意。
◎ 眉弯：指眉头紧皱。
◎ 三月二：古代以三月三日为上巳节，三月二日为上巳节的前一日。

词译

暮春时节，燕子重又飞还，春意阑珊，无情的东风哪里会顾惜时光如水、佳人愁眉紧蹙。芳草绿波间的别情逸致被尽数吹去，相思的人儿关山远隔。佳人望见落红如雨，心事泛起，曾经的欢情唯有暗垂粉泪。倚楼远望，谁能与我共诉衷情，佳节已至，梦中相聚的日子却不知要待到何时。